f
H
M
futami
HORROR
×
MYSTERY

宵坂つくもの怪談帖

川奈まり子

Kawana Mariko

イラスト　鈴木次郎
デザイン　坂野公一（welle design）

contents

死神の胸先三寸

0：PROLOGUE

――延喜《えんぎ》十三年長月《ながつき》、寒露《かんろ》のころ、妙行《みょうこう》なる都の学僧が武蔵《むさし》国多麻《たま》郡深沢山《ふかさわやま》の岩屋に籠もっていた。修行に勤めるうちに群青の空に月が上り、やがて夜が更けると天高く煌々《こうこう》と輝きだした。雲ひとつない名月の晩。森閑《しんかん》と静まり返った山中に読経の声が清らかに流れ、このまま穏やかに一夜が過ぎるかと思われた。

ところが突然、雷鳴が轟《とどろ》き、和を乱した。

雲がなければ雷神が騒ぐ道理もない。妙行はあやしがりつつ、尚《なお》も念仏に励もうとした。しかし間もなく、一陣の風と共に妖しい異形の者どもがどこからともなくあまた湧きだして、彼に襲いかかってきたのだった。

妙行危うし。だが、仏法の力はあらたかだった。

魔物どもは彼に指一本触れることすら叶《かな》わず、ことごとく消え失せた。

妙行は少しも動じず、さらに経を唱えた。

すると、こんどは岩屋の上から一匹の巨大な蛇《くちなわ》が現れた。大蛇は今しも彼の体に巻きつくかと思われた。だがしかし、これも仏力のなせる業か、なぜかとぐろを巻いて眠りはじめた。

妙行は「めざめよ」と大蛇を一喝して、錫杖《しゃくじょう》で頭を打ちすえた。

その途端、先刻の魔物たちと同じように、大蛇も姿を掻《か》き消した。

こうして無事に暁を迎えた妙行であるが、夜明けと共に八人の童子を従えた神が彼のもとへ降臨すると、「我は牛頭《ごず》天王《てんのう》である」と告げたのだという。

「伴っておるのは八王子《はちおうじ》である。我が眷属《けんぞく》は、そなたにことごとく破れた。そなたの徳の高さの前には恥じ入るばかりだ。どうかこの地にとどまっていただきたい。然《しか》らば我は、そなたの神護《じんご》の法に従おう」

牛頭天王が彼にそう申し出て、これが八王子の由緒であると今日まで伝えられている。


夜の帳《とばり》がおりると共に、十月とは思えない冷気があたりに満ちた。東京都八王子市の山中、午前二時。さきほどから聞こえてくるのは落ち葉を踏む二人の足音ばかりだ。

「そろそろ天辺《てっぺん》に着くはず」と先を歩く男がつぶやいた。

「本当に？」と彼の後ろをついてきた女が疑わしそうな声をあげた。「ツクちゃんの言うことだからあてにならないわ」

「その呼び方はやめろって」と黒いインバネスをひるがえして振り返った男の名前は宵坂《よいさか》白《つくも》。九十九をツクモと読むのと同じ理屈で、百には棒が一本足らぬゆえ、白と書いてツクモと読む。なぜか和装で、金田一耕助《きんだいちこうすけ》のごとき袴姿《はかますがた》だが帽子は被っておらず、代わりに天然の癖毛がふわふわと頭を覆っている。

「じゃあ、宵坂センセイ」と後ろの女が嫌味っぽく言った。

こちらもどういうわけか着物を着ている。頑丈そうなトレッキングシューズを履いているのがなんともミスマッチな印象だ。

「あと一分歩いても着かなかったから置いて帰るからそのつもりで！」

「もう足腰に来ちゃった？　まだそんなお歳《とし》じゃないでしょ？　田邑七穂《たむらななほ》センセイ」

白と七穂がいるのは、八王子城跡という戦国時代の山城の跡地だ。二人とも怪談実話あるいは実話怪談と呼ばれるジャンルの読み物を書く作家で、現地取材に来たのである。

八王子城跡は豊臣秀吉《とよとみひでよし》軍に破られた北条《ほうじょう》氏の城で、城主不在の折に攻め入られ、農兵として臨時に雇われた村人や職人、北条氏の妻子を含む女子どもまでもが皆殺しにされた。

戦死者は一三〇〇人あまりにのぼり、多くは惨殺され、北条氏の妻や侍女は自害した。

死者たちが流したおびただしい血によって、城砦《じょうさい》を流れる滝の水が三日三晩、赤く染まったと言い伝えられていて――

「落ち武者や血まみれの女の霊が出るはずなんだけど、おかしいなぁ。わざわざ豊臣方の討ち入りの時刻に合わせて来たのに何も出ないなんて……。あ、ほら、田邑センセイ、三の鳥居が見えてきた。八王子神社に到着しましたよ。山頂の本丸跡は、もう目と鼻の先です」

「プライベートにセンセイはやめて、ツクちゃん。さ、また録《と》ってみるわよ」

そう言うと七穂は肩から斜めがけした鞄《かばん》からスマホを取り出して、さっそく動画を撮影しはじめた。

「ハーイ、皆さん！　八王子神社に到着しました。山登りキツかったぁ！　登山道の入り口に一の鳥居があって、そこから三十分以上歩いたんじゃないかしら？　足もとが悪いので夜中に来ることは絶対にお薦めしません。山の頂上の本丸跡まで、あとちょっと！　では、宵坂白センセイ、八王子神社の解説をお願いします」

カメラを向けられた白は一瞬イヤそうな表情をしたが、それ以上の抵抗は見せなかった。

白が七穂の動画配信番組に出演するのはいつものことだ。

ファンの間で「永遠の十七歳」や「巻き毛の吸血鬼」などと呼ばれている白を出演させれば再生回数が倍増するので、七穂にとってメリットがある。

一方、これは白にとっても悪くない取引だった。というのも、出演する代わりに行きたい心霊スポットにただで連れていってもらえて、取材の元手を浮かせられるので。

今夜は、八王子城跡へ来るのは初めてという七穂のガイドも兼ねていた。

「田邑センセイがおっしゃったとおり、ここは八王子城の本丸に行く途上で、地図で確認していただけるとわかると思いますが、すぐ近くに小宮曲輪《こみやくるわ》と松木曲輪《まつき》という要衝の跡があります。このあたりでも、かつて大勢の人が殺されました。あれが八王子神社です」

白が指差した方向を七穂がタイミングよく懐中電灯で照らした。

木造のお社が闇の中に浮かびあがった。塗装が施されていない、きわめて簡素な建物だ。

「この社殿は江戸時代末期に新たに建てられたもので、北条氏照《うじてる》が城の守護神とした八王子権現のお社ではありません。そもそも、京都から来た妙行という僧侶がここで牛頭天王と八人の王子に出遭ったのが始まりで……あっ！」

「何よ？」と怪訝《けげん》そうにした七穂も、白が見たものにすぐに気づいた。

「誰かがあっちに走っていったわね！」

「本丸跡に向かう道だ。途中に小宮曲輪がある。行ってみよう！」

動画撮影を中断して人影を追ったが、たちまち見失ってしまった。

急傾斜の山道はそれでなくとも歩きづらいうえに、高い樹々に覆われた山中は、ほぼ真っ暗である。懐中電灯で行く先を照らさなければ前に進むことすら難しい。

「つまり、こういうことじゃないか？」と白が小走りに道を急ぎながら七穂に話しかけた。

「こんなところを身軽に走れるんだから、あれは幽霊に決まってる！　もしかしたら落城寸前に奥多摩《おくたま》に落ちのびて切腹した氏照の家来、横地監物《よこちけんもつ》の霊かもしれないな。八王子神社の横に横地社といって小さなお社があって、そこに祀《まつ》られてるから……出たんだよ」

「そんなわけないでしょ。人間よ。私たちが来たから逃げたのね、たぶん」

「その展開は面白くない。裂けた腹から腸《はらわた》が飛び出してる落ち武者の方が断然いい！」

「シッ！　静かにして！　視界が開けてきたから、バレないように懐中電灯を消しましょう」

前方に月明かりに照らされたスペースがあり、狛犬《こまいぬ》のシルエットが浮かんでいた。

狛犬の後ろに朽ちかけた廃屋があり、縁台に立って軒下にロープを掛けている者がいた。

何をしようとしているか、一目瞭然だった。

「首《くび》吊り自殺者の幽霊だったのか！」と白が叫んだ。

「バカ言いなさい！　そこのあなたもバカなことはやめなさい！」

七穂が懐中電灯を点《つ》けたのと、その人物が縁台から足を離したのが、ほぼ同時だった。

完全にぶらさがった直後に、白が駆け寄って下半身を抱き支えた。

「重いじゃないかバカ！　七穂さん、このバカをなんとかして！」

「なんとかって、どうすれば……。そうだ、一一九番！」

「そんなことより早くロープを解《ほど》いて！」

「わかった！　しっかり抱えててよ」

七穂が苦労してロープを解くと、元より膂力《りょりょく》に欠ける白は力尽きて、抱えていた自殺未遂者とひとかたまりになって地面に転がった。

「痛ッ！　これだから人間はイヤなんだ！　なんで幽霊じゃないんだよ！」

「あらぁ、ここは電波が届かないわ。救急車を呼べない。どう？　彼、息してる？」

死のうとしていたのは二十代前半と見える若い男だった。

襟《えり》の擦《す》り切れたデニムのジャケットと薄汚れたスウェットパンツといった格好で、背は高そうだが、かなり痩せている。頬が乾燥してそそけ立ち、首を吊りかけたばかりという状況を差っ引いても顔色がひどく悪い。そばに寄ると饐《す》えた体臭がプンと臭った。

「ホームレスかしら？　それにしては若いけど、昨今は不景気だから」

白が、男の鼻先に掌《てのひら》をかざして呼吸を確かめた。

「……残念ながら生きていそうだな。おい、起きろよ」

肩を揺すって目を覚まさせようと試みるのを横目に、七穂は鞄からミネラルウォーターのペットボトルのを取り出してキャップを開けると、男の顔めがけ——

「いきなり何すんだ！　こっちにまで水が掛かったぞ！」

「この方が効くでしょ」

首吊り男が目を覚ました。

1

——何か、とても苦しい夢を見ていた。
悔やんでも悔やみきれない罪の重さに圧《お》しひしがれて、眠れなくなった僕なのに。
ごめんなさい。ごめんなさい。ごめんなさい。
喪《うしな》う前に謝れていたら。償って赦《ゆる》されるものなら。
せめて今、石に罪の名を刻もう。
永遠に忘れないために。血に濡《ぬ》れたこの手に槌《つち》と鑿《のみ》を持って。
最初の文字を刻みつけると、不思議なことに僕の背中から鮮血が噴き出した。
痛い。痛い。痛い。
……そうか。
僕自身が刻まれるべき石なんだ。
槌をひと打ちするごとに、鑿の切っ先が血肉を抉《えぐ》り、命を削る。
ああ、雨だ。雨が降ってきた。慈雨《じう》よ、どうか僕の穢《けが》れた血を濯《そそ》いで——

鼻孔から入った水を気管支に吸い込んだ拍子に覚醒した。ゲホゲホと噎《む》せながら目を開けると、大勢の人々に上から顔を覗《のぞ》き込まれていた。

「うわあッ！」

悲鳴をあげて上半身を起こした彼を、額をかち割られ片方の眼球を半ば飛び出させた蓬《ほう》髪《はつ》の男が興味深そうに見つめ、隣にいる全身数十ヶ所に矢を突き立たせて針刺しのようになった男の方を振り向いた。

「おう。我らが視《み》ゆるか？」

「めづらしき人かな」

周りの群衆がざわついた。彼らのほとんど全員が生きていられるとは到底思えないほどの重傷を負っている。顔面が真っ赤に焼けただれ、鼻が溶け落ちたようになったのが、後ろを振り向いて誰かを呼んだ。

「横地殿！　おもしろき男ぞ来たる。こなたへ参られよ」

人々の背景はぬばたまの夜更け。声に応えて、その暗闇の奥からガシャンガシャンと音を立てて、鎧《よろい》を着けた落ち武者が現れた。

何か長くてグニャリとしたものを片手に持っている……まさかとは思うが……腸？

「ほう。我らを視ゆるか。おほかたは視ゆるも聞こゆることもなけれど、まれにてなんぢがごとき者がおる。我は横地吉信《よしのぶ》なり。北条氏照様の家臣にて、監物と呼ばれけり。檜《ひ》原《はら》に落ち延びし折、腹切りてかかる見苦しき姿となりにけり」

そう言って、落ち武者は自らの腸を両手でもてあそんだ。赤黒い血と粘液が地面に滴る。

「今はもはや痛からず。心配めさるな」

何を言っているのか半分ぐらいしか理解できなかったが、とにかく恐ろしくてたまらず、再び悲鳴をあげて飛び起きると、やみくもに走りだした。

「コラ、待て！　ストップストップ！」

「待ってぇ！　縁台に置いてあったリュック、あなたのでしょ？」

男女の声が追いかけてきた。逃げながら振り向こうとして足が絡まり、転倒した。

「助けて！」と思わず頭を抱えてうずくまる。

「何を言ってるんだ？　助けてやったばかりじゃないか！」

恐々と声の方を見やると、闇に溶け込む漆黒のインバネスに黒い袴を身に着けた、高校生ぐらいの小柄な少年がやけに偉そうに仁王立ちしていた。

「私のお陰で君は今、息をしている！　ただちに感謝しなさい！」

「幽霊扱いして危うく見殺しにするところだったのに、何言ってるの？」

呆《あき》れたように割り込んできたのは、髪を夜会巻きに結いあげた着物姿の女だった。手に薄汚れたナイロン製のリュックサックを提げている。

「これ、あなたのよね？　なんでこんなに重いの？　元気そうだから、自分で持って！」

リュックサックを受け取りかけたが、この男女の後ろから、さきほどの落ち武者たちがゾロゾロ歩いてきたことに気づいた。

「わぁッ！」と、またリュックサックを放り出して走りだす。

「なんなんだ！　あいつは！」

「ツクちゃん、あの子のリュック持ってきて！　追いかけるわよ！」

二人の声を背中で聞きながら必死で逃げた。夜道で、しかも山の中だから、転ばないようにするのが精いっぱいだったが、追手も苦戦しているようすだ。

「すばしっこいヤツだな！　動物か？　わかった！　つまり正体は狸《たぬき》だ！」

「ツクちゃん、口より足を動かして！　早く早く！」

がむしゃらに斜面を駆けおりていたところ、途中から階段になり、やがて平らな地面に靴底が着いた。

麓に着いたのだ。後ろの連中を遙《はる》かに引き離すことに成功したようで、聞こえるのは虫の合唱ばかりとなった。

ホッと安堵《あんど》の吐息を漏らした。そのとき――

「もし、妾《わらわ》が案内《あない》いたさむ」

横合いから、若い女の優しい声がおっとりと話しかけてきた。

振り向くと、月光に青く照らされて、三人の女が佇《たたず》んでいた。

どの女も着物を着ているが、真ん中のひとりの衣装がことさら華やかだ。容貌も抜きん出て﨟《ろう》たけており、細面のうりざね顔がゾッとするほど整っている。

金糸を織り込んだ長い衣を纏《まと》い、後ろを向くと、艶やかな黒髪が背中で波打った。

「妾と共に参られよ、こなたへ」

さっき来たのとは違う方角へ、女が歩きはじめた。

他の二人の女たちも「こなたへ、こなたへ」と歌うように言いながら歩きだす。

するとなぜだか急に、彼女たちの後をついていくのが当然だという気がしてきた。

「こなたへ参られよ。御前《ごぜん》様のお城へゆかれよ」

「いまそこなり。妾らと参らん」

女たちが盛んに甘やかな声で誘惑する。最初に遭った落ち武者などと同じく、言葉の意味がところどころよくわからないが、はるかに耳に心地よい。

誘われるままに三人の後ろを歩いた。

やがて大きな橋に差し掛かった。

「この曳橋《ひきはし》の向こうに清げなる滝あり、いと麗しき眺めなり」

ふと、寂しげな横顔を見せて麗人がつぶやくと、なんとなく意味が取れた。

――この橋を越えていくと綺麗《きれい》な滝があって、それは美しい眺めでした、と。

「ここは、どこなんですか？　あなたは方は誰なんです？」

そう訊ねると、先頭に立って橋を渡りはじめていた女が、横顔を見せて振り向いた。

「ここは八王子城なり。妾は氏照の妻にて大石貞久《おおいしさだひさ》の娘の比佐《ひさ》と申す。その者どもは妾に仕えし侍女なりけり」

比佐御前は厳かにそう告げながら、滑るように橋を渡りきった。

僕と二人の女も、彼女に吸い寄せられるかのように足を動かしもせず、一瞬のうちに橋の向こうに着いてしまった。

そして、気づけばいつの間にか滝壺《たきつぼ》を覗き込んでいた。

「されば、妾らと逝かむ」

比佐御前が彼にそう呼びかけながら、いつのまに手にしたものか、抜き身の短刀の切っ先を真っ白な咽喉《のど》に突き刺した。

抵抗を感じさせず、豆腐を切るように、あっけなく刃が肉の中に半ばまで沈む。

呆然《ぼうぜん》としていると、御前は微笑みながら、深々と刺した刃を一気に横に引いた。

「いざ、なんぢも黄泉路《よみじ》へ」

咽喉を引き斬ると、柄をこちらに向けて血塗《ちまみ》れの短刀を差し出してきた
水道の蛇口を全開にしたような勢いで動脈血が噴き出している。みるみる青ざめて生気を失っていく顔に凄惨な微笑をたたえて、じりじりと迫ってくる。

息を呑《の》んで後ずさりした方には、二人の女たちがそれぞれ蒼白《そうはく》な生首を抱いて血塗れで

立っていた。

胴から離れた首が、二つ同時に口を開いた。

「ともに逝かむ」「いざ逝かむ」

ギャーッと怪鳥のごとき絶叫を聞いた、と思えば自分の声帯から発せられていた。

素早く後ろを向くと、こけつまろびつ曳橋を引き返した。

「あっ！　見つけた！　探したくないのに探してあげたぞ！　ゴメンナサイは？」

天然パーマの和装男に怒鳴られたら目が回り、橋のたもとにへたり込んでしまった。

2

「なるほどなるほど！　ウワァーッ！　ネタゲットーッ！」

和装男――宵坂白がスマホにメモを取る手を止めて大声を出すと、

「ツクちゃん、うるさい」と田邑七穂が助手席から振り返って注意した。

午前三時。自家用車の車内である。俗にファミリーカーと呼ばれる、コンパクトなミニバンで、車体の色は赤。

これに乗せられてから今まで、一五分ぐらいの間ずっと、さっきの場所――七穂たちによれば八王子城跡というところだそうだ――で体験したことを説明していた。

思い出すのも怖かったのだが、宵坂白というこの男に、うまいこと訊《き》き出されてしまい、だいたい話し終えたところだ。白と僕は、二列目の座席に並んで腰かけている。

「まあ、宵坂さんが興奮するのも無理はありません。いくら宵坂さんでも、八王子城跡の心霊目撃談で、ここまで具体的なものは聞いたことがありませんよね？」

運転席にいる男は、車に彼を乗せる前に「田邑七穂の夫の藤嵜琥太郎《ふじさきこたろう》です」と名乗りながら名刺をくれた。秋冬物のカジュアルなテーラードジャケット、ボタンダウンのシャツ、チノクロスのズボンという個性の乏しい服装で、地味な眼鏡が顔の一部になっている。年齢はこの中でいちばん上のようで、五十代半ばに見えた。

「ない！　彼が遭ったのは横地監物と比佐御前に違いない！　しかも、つまり彼は記憶喪失者で霊能力者だ！　私は決めた！　彼と、ともに行かむ！　いざ行かむ！」

琥太郎が「宵坂さん」となぜか敬意をこめて呼んだこの男は、最初は一六、七歳の少年だと思ったのだが……。あらためて顔を見ると、肌の質感が未成年のそれではない。

それに、明らかに声も成熟している。ちょっと高めだが、間違いなく大人の男の声だ。

では何歳ぐらいかと問われたら……答えられない。

完全に年齢不詳である。後部座席に並んで腰かけてみたら、ずいぶん座高が低い。かろうじて一六〇センチはありそうだが……。小柄だから少年だと勘違いしたのだ。

七穂も歳がよくわからないが、こちらは化粧で顔を作り込んでいるせいだ。声や口調から受ける印象は五十歳前後である。

白と七穂は、車に乗る前にそれぞれ名前を名乗っただけで、名刺を差し出すでもなく、自己紹介もない。

職業や身分がわかるのは、最も関りの薄い藤嵜琥太郎だけだ。出版社勤務の彼には「常務取締役メディア事業開発部本部長」という長ったらしい肩書がついていた。さらに七穂が「この人は元文芸編集者で、ツクちゃんと私を担当してたの」と教えてくれた。

——出版社の文芸編集者が担当するとしたら、この二人は作家なのだろうか？

不思議なもので、なぜか世間知や社会常識は忘れておらず、そういう見当はついた。

自分の名前、生年月日、住所、職業、家族構成といった自分史に紐《ひも》づくことは、一切、思い出せないのだが。

いや、ついさっき、名前と住所は知ることになった。

車に乗るとすぐに白と七穂に促されて、僕のものだと推測されるリュックサックの中身を検《あらた》めたところ、拳大の石（これのせいで重かったのだ）や紙筒に入った何かの賞状みたいなものといったわけのわからないものと一緒に、運転免許証や保険証が入った長財布が出てきたからだ。

それらの身分証明証に記されていた僕の名前は、叶井《かない》晴翔《はると》。

書かれていた生年月日から白が即座に逆算してくれたところによると、年齢は満二四歳。

住所は、八王子城跡があるのと同じ、東京都八王子市内になっていた。リュックサックにはスマホも入っていて、通信記録を見れば家族や知り合いに連絡を取ることができたかもしれないが、バッテリーが切れていた。

そこで、とりあえず、身分証明証の住所に行ってみようということになり、今はその途中という次第だ。

白がこっちを向いて話しはじめた。

「つまり、まず君は嘘《うそ》をついているのでない限り記憶喪失だ。それもおそらく全生活史健忘という精神的な解離症状の一種に陥った状態だ。これになると、常識的な知恵や学習してきた知識を憶えている一方で、名前や家族など自分自身に関する記憶を喪失してしまう」

「宵坂さん、お詳しいですね」と琥太郎が感心した。

「だって取材の鬼だもの！　なんと、全生活史健忘症の人もインタビュー済みだ！」

容姿のせいで迫力に乏しいが、白というのはいちいち威張る男であるようだ。

「記憶喪失の原因は？　助けたときツクちゃんと一緒に彼も転んだでしょ。あのとき頭を打ったからってことは考えられない？」

「頭、打ったのか？」

白に真顔で問われて思わず両手で頭皮を探ったが、どこにも痛いところはなかった。

「大丈夫だと思います」

「すると、外部的要因ではないかもな。この手の健忘症は、頭部に外傷を負って脳震盪《のうしんとう》を起こしたときの衝撃でなる場合と、内部的要因、つまり強いストレスが原因でなる場合がある。いずれにしても突然生じるそうなんだ」

「免許証の住所に行く前に、病院にお連れしましょうか？」と琥太郎が提案した。

「すぐに診てもらった方がいいと思いますよ。頭を打った可能性もゼロじゃないし、多少は首にもダメージがあったかもしれない」

「そうね！」と七穂が相槌《あいづち》を打つ。「さすが、この中で唯一の常識人！」

すると、非常識人の白が「ダメ！」と、いきなり吼《ほ》えた。

「そんなモッタイナイことをしちゃいかん！　つまり、このボウヤは記憶を失った代わりに霊能力を授かったんだよ！　連れていった先が藪医者《やぶいしゃ》ならいいが、うっかり名医に当たって、記憶を取り戻したら貴重な霊能力が消えてしまうんだよ？　そんなことが許されるわけがないじゃないか！　まずもって私が許さない！」

七穂が助手席で「呆れた！　どんだけ自分勝手なの？」と叫んだ。

「ボウヤって！　あなただって若いでしょう？」と僕が訊《たず》ねたのと、ちょうど声が重なる。

「二人とも、やかましいなぁ」と白が言った。「自分勝手の何が悪い？　私が一〇〇パーセント自分勝手でできてることは、七穂さんと藤寄さんは、よーく知ってるはずだ」

「あら。そうでもないわよ。私とは取材協力しあえる仲だし。私の配信番組をいつも手伝ってくれているし」

「ええ、〆切《しめきり》も守ってくださいますしね。あ、でも、また編集の仕事に戻るとしたら白さんの担当は遠慮します。心霊スポットに同行させられるのが死ぬほど嫌だったので」

「えっ？　今でも七穂さんの撮影のときは車を出してくれるじゃないか？　今夜だって！」

「離れた場所に駐車しておいて、電話で呼び出してもらう分には平気なんです。今日は一・五キロ離れた八王子二丁目のコンビニの駐車場で待ってました」

「だから迎えにくるのに時間がかかったのね！　あいかわらず怖がりさんなんだからぁ」

この三人を放っておくと、話がどんどん脱線していきそうである。

「ちょっと待ってください！　だから、ボウヤって、どういうことですか？」

「おや？」と白は興味深そうに顔を覗き込んできた。

「これはこれは……意外にプライドが高そうじゃあ～りませんか？」

白が奇妙な抑揚をつけて言うと、間髪を入れず琥太郎が「チャーリー浜《はま》！」と指摘した。

「ピンポーン！」と白が叫んだ。「正解ィ！」

なんだかよくわからないと思っていたら、琥太郎が解説してくれた。

「あーりませんかというのは、君が生まれる前の、九十年代初頭に流行《はや》った一発ギャグです。あの当時、宵坂さんは小学生だったんじゃないですか？」

「たしか小四だった」

「永遠の小学四年生ね」と七穂が混ぜ返す。

「うるさい。プッツンも知ってるぞ。あれは嫌な言葉だ。今までつけられたあだ名の中で最も差別的なものだった。私は当時いたいけな五歳児だったというのに」

——白という男は、僕よりだいぶ年上のようだ。たぶん見た目の倍以上の年齢なのだ。

そして変わり者だ。

では、僕自身の性格はどうなのか？　というと、まるっきり白紙なのだった。

どんな人間だったのか、さっぱりわからない。

運転免許証に印刷されていた顔写真の青年は、とらえどころのないボーッとした顔つきをしていた。強いて特徴を述べるなら、若い男にしては覇気に欠けるところだ。

叶井晴翔は、優柔不断な人間だったのではないか。……どうもそんな気がする。

おかしいのは、自分に関する記憶を失っているのに、少しも焦燥感を覚えていないという点である。ふつうに考えれば、一刻も早く取り戻したくて必死になりそうなものではないか？

ところが、むしろ自分の来歴を思い出すことの方に不安を感じはじめていた。

——もしかすると、忘れたいから忘れたんじゃないだろうか？

ちょっと考え込んでしまった。

そのとき白が「つまり！」と言ったのでドキッとした。

白は口癖なのか、さっきからときどき「つまり」と口にしている。

ふつうはこれを前置きして結論を述べるものだが、彼の場合はそうと限らない上に、「つまり」に続けて変なことを主張しはじめる傾向があるようだ。

なんだかイヤな予感がすると思っていたら、

「彼には、私の助手になってもらう！」と高らかに宣言した。

一方的すぎるし、突拍子もない。

「ちょっと待ってください」と琥太郎が制止しようとしてくれた。

「宵坂さんは、彼の霊能力が欲しいんですか？」

「そうだよ。オバケが視えれば仕事が捗《はかど》ると前々から思っていたからね」

「では訊ねます。彼が記憶の代わりに霊能力を授かったとわけもなく確信しているようですが、どこにそんな証拠がありますか？」

「そのとおりよ。八王子城跡の幽霊だけに限って視えたのかもしれないわよ？　それに、もしも彼に本物の霊能力があるとしても、今だけの一時的なものなんじゃない？　自分のうちに帰ったら記憶を取り戻して、霊感ゼロになる可能性が……」

「それは困る！」と白が七穂を遮った。

「じゃあ帰らなくていい！　私の家に行き先を変更しよう！」

「いくら宵坂さんでも、それはあんまりですよ」

常識人の琥太郎が苦笑いで白をたしなめた。

「彼は山で夜中に自殺未遂して、今は記憶喪失です。ただごとならぬ事情があると推測できます。二十四歳なら、ご両親と同居しているかもしれない。家出ということも考えられる。ご家族が心配しているはずです。彼の心身を思えば病院ですぐに精密検査を受けるのがベストだと思うけど、そうでないなら、このままご自宅に帰っていただいた方がいいですよ」

――僕には家族がいるんだろうか？　スマホを充電すれば明らかになりそうだが、さっきのところと同じ市内なら、じきに家に到着するだろう。

琥太郎に理詰めで説教されて、白は不機嫌そうに黙り込んだ。

白が口を閉じただけで、車の走行音しか聞こえなくなった。

出発した辺りは鄙びた里山で周囲が真っ暗だったが、次第に沿道に街灯や明かりを点けた建物が増えてきて、やがて途切れ目なく住宅が立ち並ぶ一帯に入った。

「もうすぐ着きますよ」とカーナビの画面を確かめながら琥太郎が言った。

「免許証の住所をカーナビに入れたら、コーポ子安坂《こやすざか》という建物が表示されました。聞き覚えは？　たぶん次の信号の角にある建物ですよ」

3

コーポ子安坂の一〇号室。僕の住居は、免許証を見る限りそこで間違いなかった。

七穂は眠ってしまったので、車に置いてきた。僕を入れて残りの三人でアパートの部屋の前に来てみたのだが――

白は、ドアノブに下がっていた電力会社の袋を手に取った。

「空室だから電力会社が冊子を置いていったんだな。つまり叶井くんは引っ越したんだ」

琥太郎はアパートの建坪に見当をつけた上で部屋数をざっと見て、「家族と同居するには向いていなさそうですね」と、声をひそめて意見を述べた。

築五、六十年経《た》っていそうな二階建てアパートで、一号室は敷地の出入り口にいちばん近い一階の角部屋だ。赤錆《あかさび》だらけの金属製の外階段が小さな窓の前を斜めによぎっている。

「これなら間取りは六畳ひと間と台所の１Ｋだろう。君は独身でモテなくて貧しかったということだ！」

「宵坂さん、こういうアパートに住む若い夫婦も珍しくありませんよ？」

「じゃあ、妻に捨てられたんだな」

「そういうふうに何でも決めつけるの、悪い癖ですよ」

白は話を聞いておらず、「そこにポストがある」と建物のかたわらを指した。アパートの全戸の郵便ポストが塀に沿って設けられている。

「ポストに表札がないのは一〇号室だけだ。部屋を解約したと見て間違いなさそうだ」

「弱りましたね」と琥太郎が呟《つぶや》いた。

すると白が「安心したまえ！」と僕の肩をポンと叩《たた》いた。「我が家に泊まればいい！」

――琥太郎と白の間で少し言い合いになったが、結局、僕は白の家に泊まることになった。

「なるべく早くスマホを調べて家族か知り合いに連絡を取ってください。もし誰とも連絡がつかなかったら、すぐに警察署に行って生活安全課に相談した方がいい。行方不明者届が出されているかもしれない。病院で検査を受けることも忘れずに」

彼は白の家に連れていくことは渋々承知したものの、最後にくどくどと念押しした。

「心配してくださって、どうもありがとうございます」

琥太郎に礼を言うと、「私には？」と白が不服そうにした。

やがて白の家の前に到着した。

七穂は目を覚まさず、すぐに琥太郎は車を走らせて帰っていった。

ここがどこであるかは、来る途中に道路標識や道路沿いの住所表示を見ていたので、だいたいわかる。

——東京都港区《みなと》離青山《はなあおやま》四丁目。

自分の生育歴などは忘れてしまったが、離青山がどんな場所かは憶えていた。

「都会の一等地だ。もしかして、お金持ちなんですか？」

「……この家を前にして、よくそういうセリフが言えるな？」

ジロッと睨《にら》まれて、あらためて目の前の家を眺めてみれば、たしかに古めかしい。

全体の佇《たたず》まいは洋館風だが、庭に面した縁側がある。大正から昭和にかけて流行った和洋折衷の、こぢんまりした二階建てだ。門の外から覗ける庭も「猫のひたい」という形容がぴったりの狭さ。剪定《せんてい》を怠ったせいで角が取れてしまった生垣の間に黒い門扉が埋もれていた。優美な曲線を描く鋳物の門だが、桟の間に蜘蛛《くも》が巣を張っている。

家の左右と後ろを背の高い鉄筋コンクリートのビルに囲まれていることから、日当たりの悪さが想像できた。

「なんだか絵本の『ちいさいおうち』みたいだ」

頭に浮かんだ絵本の題名をひとりごちると、白が目を剥《む》いて振り向いた。

「バージニア・リー・バートン作、石井《いしい》桃子《ももこ》訳のか？　もしや記憶が蘇《よみがえ》ったとか？」

「いいえ。絵本を思い出しただけで……どこでいつ見たのかわかりません。離青山も知ってました。地名だけじゃなく、どんな場所かも、なんとなく……」

門と玄関を結ぶ小径を歩きながら、白はインバネスの内ポケットから鍵を取り出した。

──そういえば彼が鞄の類を持っていなかったことに今頃になって気づいた。

「君とは話したいことがたくさんある」と彼にしては穏やかな口調でつぶやいた。

「しかし今日は疲れた。とりあえず寝よう」

そう言って、玄関ドアの鍵穴に鍵を挿し込もうとした、その寸前に扉が内側から開いた。

「遅かったじゃないの！」

と、白を叱りつけつつ、ゴージャスなブラックレースのナイトドレスを着た十一、二歳の女の子が戸口に現れた。毛先がクルクル巻いた癖髪をツインテールにしている。

その髪質と整った目鼻立ちに見覚えがあったので、白に訊ねた。

「お嬢さんですか？」

「違う！」「ハ、イ、娘でーす」

──どっちなんだ？

とにかく中に入ろうと白に促されて、宵坂家に足を踏み入れた。


「私はイナリ。白の娘というのはジョークよ。おまえ、この姿の私が視えるのね？」

やたらと威張るのは宵坂家の家風なんだろうかと考えながら「はい」とうなずいた。

イナリと名乗った少女は、実際、白の女の子版といった感じで彼と顔が似ていたが、それを指摘すると、「白の先祖を参考にしたから」と当然のことのように応えた。

「本当は変幻自在だけど、ベースを決めておいた方が楽なの。それにしても、おまえ臭いわ。鼻が曲がりそう！」

「留吉《とめきち》に風呂の支度をさせよう」と白が言った。使用人がいるのだろうか？。

「留吉？　もう寝てるわよ。あの子の習慣の頑固さときたら感心しちゃう！　早寝早起きを二〇〇年以上も続けるなんて、どうかしてるわ」

イナリが、レトロなタイル敷の浴室に案内してくれた。そこかしこが水垢《みずあか》とカビでちょっと汚れているけれど、優美な猫足のバスタブとシャワーを備えており、シャンプーやボディソープもあった。浴室の手前の脱衣所に、ふんだんにタオルを積んだ棚もある。

浴室で掃除用ブラシと洗剤を見つけたので、シャワーを浴びたついでに掃除をしておいた。

脱いだ服をまた着ようと思っていたら、イナリがどこかへ持っていってしまったようで、風呂から出ると見当たらなかった。その代わり、さっきはなかったコウモリ柄の浴衣と兵《へ》児帯《こおび》がタオルの棚の隅に置かれていた。

小さすぎて脛が出てしまったが、とりあえず浴衣を身に着け、帯を結んでいると、白が不機嫌な顔で引き戸を開けて脱衣所に入ってきた。

「遅い。腋毛《わきげ》でも抜いてたのか？　私は疲れていて眠いんだ」

「すみません。ちょっと気になったので、ついでに軽く掃除してしまいました」

「そうか。下僕向きだな！　あっ、私のお気に入りの浴衣じゃないか！　イナリめ、勝手なことを……。まあ、いい。そこの廊下を右に行って、突き当りの部屋で寝なさい」

行けば、押し入れがついた四畳半の和室だった。部屋の隅に小さな仏壇がある。押し入れに入っていた蒲団《ふとん》を敷いて横になると、たちまち眠りに落ちた。

「えー、お客さま、おやすみのところ相済みません。おはようごぜえます。手前は当家の居候で留吉と申しやす。巳《み》の刻（午前十時）をでえぶ過ぎやしたので、そろそろお起きになる頃合いかと存じまして、お着替えをお持ちしました」

目を覚まして蒲団をたたんでいたところ、襖《ふすま》の向こうで声変わり前の少年の声が、何やら時代がかった口上を述べた。

襖を開けると、板敷の廊下にじかに正座していた男の子が、深々と頭を下げた。

「お初にお目にかかりやす。留吉でござんす」

「うわ、そんなお辞儀されるような者じゃないです！　頭を上げてください」

「ありがとう存じます。では」と顔を上げたところを見ると、イナリよりも幼い面差しの男の子だが……珍奇な格好をしている。

前髪ありの艶々した丁髷《ちょんまげ》頭に縞木綿《しまもめん》の着物、藍染めの前掛けというい で立ちは――

「丁稚《でっち》さん？」

「あい。下働きの小僧ですが、似たようなもので」

ちょいと失礼します、と脇に置いていた衣裳盆を畳に乗せて、再びお辞儀した。

「間もなく朝餉《あさげ》の支度が整いますから、食堂へおこしくだせえまし。洗面所と厠《かわや》はお風呂場の隣ですから、ご自由にお使いくだせえ。では、いったん失礼しやす」

と頭を下げたまま言ったかと思うと、煙のように掻き消えた。

廊下に出て左右を見渡しても、いない。

衣裳盆には、たたんだジャージ上下が載せられていた。サイズが小さそうだった。


「留吉も視えたのか！」と白は驚いた。

朝食の席である。宵坂家の食堂は台所と隔てがないダイニングキッチンで、四人掛けの円テーブルが中央に置かれていた。壁に貼ってあるカレンダーを見ていると、留吉が気を利かせて、今日の日付を指で差して教えてくれた。

二〇二×年十月十三日、仏滅の水曜日だ。

十畳あるかどうかという部屋のサイズに見合わない中に仔《こ》ヤギが隠れられそうな柱時計が隅にあり、さきほどボーンボーン……と十一時の鐘を鳴らした。

「今まで留吉の姿は、イナリを除けば私にしか視えなかったんだ！」

白が興奮気味に述べた。わりとすぐに興奮する性質のように思ったが、未明から今までの出来事を鑑みると、わからない。

誰でもびっくりしそうなことの連続で、この人は、むしろ冷静に対処してくれている方なのかもしれない。

「そのせいで、もしかすると私のイマジナリーフレンドか何かなんじゃないかとちょっと疑っていたのだが、やはり妄想の産物などではなかったんだな」

「ですから、てまえは、いまじなりふれんどなどという面妖なものではございませんと何べんも申し上げたではありやせんか。……ところでこれは美味しうございますね！」

留吉は、卵サンドを口に運び、いかにも旨《うま》そうに咀嚼《そしゃく》した。

――部屋に来たとき留吉は、もうすぐ朝食ができるというようなことを言っていたが、ジャージに着替えて食堂を探して行ってみると、なんのことはない、袋に入ったままの食パン一斤とバターがテーブルに置いてあるだけだった。

「君も食べるだろう」と白に言われて初めてひどい空腹を自覚した。

食パン一斤まるごと食べても足りそうにない。まさかとは思うが、他には何も出さないつもりなのだろうか……と咄嗟《とっさ》に考えたところ、困惑が顔に表れてしまったらしい。

「ハア？」とたちまち白が眉を吊りあげて、怒りを示した。

「不服そうだな？　生意気な！　君には一切れもやらんぞ！」と、夜とは打って変わって白地に青い水玉柄のパジャマ姿ですごまれても、あまり怖くないのだが。

「ごめんなさい。でも食パンだけっていうのは……。もう少し何か……」

周りを見回すと冷蔵庫が目に入った。コンロなどが電化されていなくて少し設備が古いが、ふつうのダイニングキッチンだ。

本能に衝《つ》き動かされて、冷蔵庫を開けた。ほとんど空だが、卵二個とマヨネーズを発見した。三人前のオムレツやスクランブルエッグにするには卵の数が足りないけれど。

「よかった！　練り辛子《からし》のチューブもある。あとは塩胡椒《しおこしょう》があれば、卵サンドが作れます」

「……君はいったい何をしようとしてるんだ？」

「鍋はないかな？　ボウルとマッシャーとパン切りナイフも欲しいところです」

そして調理台の棚を開けて必要な道具を取り出し、さっそく作業を始めると、たちまち卵サンドが完成したというわけだ。

「で！」と白が切り出した。「どうして、これが作れたんだ？　何か思い出したのか？」

三人で、卵サラダをはさんだサンドイッチと紅茶が載った食卓を囲んでいる。紅茶はティーバッグで淹《い》れたものだし、卵サンドなんて料理とも呼べないと思うのだが、紅茶はともかく後者に白は大いに驚き、戸惑っているようだった。

「さあ？　体が憶えていたとしか答えようがありません。でも、こんなの簡単ですよ？　それにこの卵サンドはイマイチです。玉葱《たまねぎ》とピクルスとチーズがあれば、もっと……」

「お料理講座はやめろ！　私が以前取材した全生活史健忘症の患者も、炊飯器の使い方を忘れていなかったと話していたものだ。山手線《やまのて》の駅も全部憶えていたという。だから他の人が何と言おうとも私だけは君を信じる。今のところ嘘はついてないな？」

「ええ。自分のことは思い出せません」

「そもそも己に関心が薄すぎる。リュックサックが玄関に置きっぱなしになっていたぞ」

――そんな大事なものを忘れていたということに、自分自身が驚いてしまった。

「そこで中身を勝手に弄らせてもらった。相談がある。あとで話そう」

続きは食後に、ということになった。

留吉に手伝ってもらって、鍋やボウル、食器の後片づけをしていると、白が後ろに立ってこちらを観察していた。振り向いて目が合ったが、何も言わずに行ってしまった。

「白さんに気に入られやしたね」と留吉がいたずらっぽく微笑みかけてきた。

「どこに行ったんだろう？」

「おおかた居間じゃごぜえませんかね。案内しやす」

留吉について居間へ向かった。

可愛い丁髷頭の後を歩きながら、昭和レトロな家だと思った。さして広くないのに、あちこちに廊下がある。食堂の出入り口にはウッドビーズの玉すだれが掛かっていた。

たぶん昔、こういう建物を見たことがあるのだろう。懐かしい感じを覚えた。

ではどこで見たのか？　……それが全然わからない。

脳の中で、あちこちに壁が立ちふさがっていて、自分史に結びつかせないように邪魔しているようだ。蘇らせようとした途端に、記憶のドアがいきなり閉じてしまう。

けれども僕は、卵サンドの下ごしらえをしていたとき、卵の最適な茹《ゆ》で時間を知っていた。そして食パンをパン切りナイフで薄くスライスする手並みを、留吉に感心された。

さっき白に言ったとおりで、そういうのは全部、体が記憶していた。

どこで習ったのか少しも思い出せないが、留吉に言わせると「包丁人のようですね」ということだ。包丁人というのは料理のプロのことだろう。

僕には「料理」や「プロ」という言葉の概念もわかる。離青山といえば高級住宅街があって、お洒落《しゃれ》なレストランやブティックが軒を並べているところ、というイメージを持っていたのと同じで、白と七穂に命を助けられたときからの記憶もあるから、生きていくのには困らない――と思ってしまう精神状態が異常なのかもしれないが。

イギリス風……にしては残念ながら天井が低いけれど、アンティークの家具が素敵な居間の縁側で、白が待っていた。

十二畳ほどの面積の洋間だが、外廊下が縁側になっている。障子が開け放たれて、庭師を入れる必要がありそうな残念な庭が見えた。

ビルに挟まれているため、半分以上日陰になっているのも残念な点だ。

庭の片隅に、来たときには気づかなかった祠《ほこら》があった。石の台に建てた祠で緑青《りょくしょう》で覆われた銅葺《どうぶ》き屋根を戴いている。

中に瀬戸物の白いお狐《きつね》さまが置かれ、庇《ひさし》にしめ縄が飾られた、小さなお稲荷《いなり》さまだ。

「あれが気になるか？　江戸時代から先祖代々守ってきた、うちの屋敷神——イナリの家だよ。あのお社は、私の祖父が戦後に建て直したものだがね」

さきほどのパジャマの上に丈の長い厚地のガウンを着て、ガウンと共布のベルトを腰で結んだ白が、縁側から部屋に入ってきた。

「イナリさん？　ここに来たとき会った女の子ですか？」

「そう。ああ見えて、イナリは一九世紀からあそこに棲《す》んでいる。もっとも今はご近所を散歩していて留守だがね。……あまり驚かないな？　尋常じゃないぞ？」

「今さら何をどう驚けと？　腸を飛び出させた落ち武者から始まってるんですよ？」

そりゃそうだ、と白は破顔した。面白そうに笑っているところを見ると、本当に少年のようだ。とても年上とは思えない。

「そこのソファに座るといい」と革張りのソファセットを手で指し示した。ひとり掛け用のソファに腰を下ろすと、白も向かい側に座った。

間に挟んだローテーブルにリュックサックとスマホが置かれている——どちらも僕ののはずなのだが、実感が湧かない。

タイミングよく、留吉が紅茶を運んできた。

「紅茶だけは欠かしたことがないんだ。ときどき自分でも淹れる。気分転換になっていい」

「いつも食事はどうされているんです？」

この質問には留吉が答えた。

「ここ二十年ばかりは主に食パンと蕎麦《そば》の出前で、しのいでおりやす。あとはお隣に住んでおられる叔母さまが恵んでくださったものを……腐らせてしまいがちなのですが……」

なかなか悲惨な状況のようだ。

「そこでだ！　つまり、私の家政夫兼助手になってほしいという相談なのだが！」と白が話を遮った。

「留吉に働いてもらっていたが、ご覧のとおり彼は永遠の十歳児だから自ずとできることに限界がある。また、物心ついたときから仲良くしてもらっていたから、正直言って、常々頼みづらさも覚えている」

「ホントですかぁ？」と留吉がつぶやいた。

「本当だとも。かつては兄、長年の友である君を顎で使うことなんかできないじゃないか！　そこへ登場したのが君、叶井晴翔くんだ。叶井くんには、最初は霊能力を活《い》かして助手をしてもらうことを考えた。しかし見ていると、手早く風呂場を掃除するし、料理も上手そうだから、住み込みで家事全般を任せたいと思う。無論、取材のアシスタントもお願いしたい」

——それはようするに「顎で使いたい」ということなのか？

心の中でツッコミを入れながら黙って聞いていると、白は続けて、「つまり、正式に雇いたいのだ！」と宣言した。

「もちろんタダ働きさせるつもりはない。だが、だからこそ、身許《みもと》のわからない者を雇うことに不安がある。そこで叶井晴翔くんの現在置かれている状況を把握したいと思ったわけだ。……つまり、これから身許調査をする。嫌か？」

「いえ、別に」

「一応、元通り入れておいたが、勝手にリュックの中を探った。怒るか？」

「いいえ。自分のものだという気がしないので、ちっとも構いません」

白が充電してくれたスマホを手に取った。長時間使っていなかったためだと思うが、顔認証でロック解除できなかった。パスコードを入れる必要がある。

「暗証番号か？」と白に問われて「ええ」とうなずくと、「生年月日をスマホのパスコードにする安直な人間は未だに多いと思って、すでに試してみたがダメだった」と、悪びれずに言いながら、リュックサックの中から長財布と紙筒を取り出してテーブルに並べた。

「紙筒の中に、調理師免許証と銀行の預金通帳と印鑑が入っているから開けてみろ」

筒の蓋を取り、テーブルの上で逆さにして振ると、初めにケースに入った印鑑が転がり落ち、次いで、四辺に金の額縁が印刷された中に東京都知事の名前や調理師免許登録番号などが記された大きな紙と筒の形に丸まった通帳が出てきた。

「車の中でチラッと見たときに、賞状みたいな紙が入ってるなぁと思ったんですが、これ、調理師免許証だったんですね！　なるほど、だから料理ができるのか……」

「国家試験の有資格者というわけだ。しかし、ちなみに通帳に記載されている残高はゼロだ。財布にも六十円しか入っていなかった。つまり大貧民だ。私に雇われたくなってきただろ？」

「はあ、まあ」

優柔不断なやつめ、と白は毒づいた。

「スマホのパスコードは六桁だ。調理師免許の登録番号は五桁で、銀行の口座番号は七桁。どちらも上から六桁とか下から六桁とか試してみたがパスコードではなかった」

話を聞いていた留吉が言った。

「名前を数字に置き換えたんじゃないでしょうか？　白さんなら、九九か九一〇九です」

「ハルトは……ルを六に置き換えることは珍しくないから、八六一〇かな？　あと二つ数字が足りない。……あ、待てよ。八とルートで……√8か？」

白が自分のスマホを持ってきて計算機で八の平方根を確かめた。

√8＝2.828427124 75……

果たして、二八二八四二と打ち込むと、スマホのロックが解除された。

「留吉くん、凄《すご》い！」

「思いついたのは私だぞ！」

と、そのとき、ピンポーンとチャイムが鳴った。

「阿内《あない》さんが来た」と白が言うと、留吉が無表情に「なら、てまえは失礼しやす」と頭を下げ、スーッと薄くなって消えた。


差し出された名刺には「みこと探偵事務所　調査員　阿内三言《みこと》」と印刷されていた。

「阿内さんとは、彼が日本最大手の興信所、市原《いちはら》探偵事務所にいた頃からの付き合いだ」

白は「彼」と言ったが、阿内三言の外見は性別が判然としなかった。

白は小柄で中性的な顔立ちをしてはいるものの、男女どちらに見えるかといえば、あきらかに男（の子）だ。三言は本当によくわからない。

身長は一七〇センチ代半ばで、日本人女性としては背が高く、男性としてもけして小さい方ではない。しかし男にしては骨格がとても華奢《きゃしゃ》だ。化粧していない顔は痩せて、滑らかな肌が頬骨に張り付き、どことなく爬虫《はちゅう》類を想わせた。

ダークスーツにアタッシュケースという、都会のビジネスマン風の服装をしている。

「宵坂さんには、いつもお世話になっております」

今回の件で今朝早くに白がメールしたところ、今日はたまたま空いていたのだという。

「こちらが記憶を失くされた叶井さんですね。彼の身許調査をしたいとのことですが、依頼主は宵坂先生でよろしいでしょうか？」

「うん。なにしろ、この男は無一文だからな！　私が調査料を払うしかあるまい！」

「無一文かどうか、まだわかりませんよ。そちらが彼の持ち物ですね」

「スマホのロックは、さっき解除できた」

「それは良かった。調査が捗ります。でも、まずは荷物の方から見せてくださいね」

そう言うと、三言はリュックサックの中身を取り出して点検しはじめた。

台所で阿内の分の紅茶を淹れて戻ってきたときには、それらはすべてテーブルの上にきちんと並べられていた。

長財布、紙筒に納まっていた調理師免許証、銀行の預金通帳、印鑑、灰色の石、スマホの充電器。

財布の中のものも、全部取り出されている。運転免許証や国民健康保険証の他に、クレジットカード、銀行のカード、交通ICカード、理髪店とネットカフェ、それから「カーサ・セグレタ」というレストランのポイントカード、八王子市内の病院のカード、そして金融会社「株式会社AGプラン」の代表「杢目《もくめ》衛次《えいじ》」の名刺。

三言が僕に訊ねた。

「全部まとめて、二、三日お借りしてもいいですか？」

「どうぞ」と即答すると、白に呆れられてしまった。

「そんな簡単に……。印鑑やスマホもだぞ？」

「だって僕の物だって気がしませんし。専門家に調べてもらった方がいいと思います」

「では、遠慮なく……。これらのものを見ても、何も思い出しませんか？」

「はい。全然です」

「そうですか。この理髪店は、来店するごとにポイントカードに日付を入れてますね？」

三言に指し示された理髪店のポイントカードを見ると、たしかに、裏面のマス目に日付が書き込まれていた。

「ひと月前に行ったのが最後です。ネットカフェはポイントごとの日付がありませんし、レストランの方は一個もポイントが付いていませんが、いずれも八王子市内の店です。身分証はじめ他のものを見ても、八王子市内に在住していたばかりではなく、職場も市内にあった可能性が高いと思います。ＩＣカードはあまり使っていなかったんじゃないでしょうか？　バスや電車に毎日乗る人は、長財布に入れることは稀《まれ》です。スマホに交通ＩＣのアプリが入っているのかもしれませんけどね」

三言にスマホを手渡して確認してもらったが、ＩＣアプリをダウンロードした形跡はなかった。

「クレジットカードをお持ちですから、比較的最近まで、安定したお仕事に就いていた可能性が高いと思われます。預金通帳の記録から三ヶ月前から給与の振り込みが途絶えていたことがわかりますが、半年前まで毎月きちんとされていて、そこから少しずつ規則性が崩れている……。ひと月前にはすでに困窮していたと思われるのに、無理をして理髪店に行ったのだとすると、就職活動をしたのかもしれません。この名刺の金融会社についても、リサーチしてみましょうね」

「その会社に就職しようとしていた可能性がある、とか？」

「調理師なのにか？　つまり、こういうことじゃないか？」と白が口を出した。

「こいつは仕事をクビになって金に困り、悪徳金融業者から借金した挙句、家賃も払えなくなってアパートを追い出され、次第にネカフェ代にも詰《つ》まり、とうとう臓器を売るかマグロ漁船で奴隷労働するしかないところまで追い込まれた結果、自殺を図ったんだ！」

「それはどうでしょう」と三言は軽く笑った……が、目が笑っていなかった。

三言は表情の変化に乏しく、あまり瞬《まばた》きをしないようでもある。初対面ではあるし、何か嫌なことを言われたわけではないのに、彼については、なんだか怖いなという印象を持ってしまった。

話が一段落したようで、三言は「山で首を吊ろうとしていたんですって？」と、こちらに水を向けてきた。そして白がすかさず「私が助けた！」と言ったのを無視して、こう訊ねた。

「調査の過程で、自殺未遂の原因がわかるかもしれません。もしも明らかになったら、知りたいですか？」

「………」

この質問に抵抗を感じてしまうのはなぜだろう？

僕はすぐには答えられなかった。

「臆病な奴だ。私は是非とも知りたいな！　依頼主は私なんだから、阿内さんは私に教えてくれればいいよ。彼には内緒で」

「叶井さんは、それでいいんですか？」

微《かす》かに笑みを含んだ声で訊かれて、仕方なく首を縦に振った。

「……自分のことですからね……やっぱり知っておいた方がいいような……？」

「煮え切らない男だな！　あ、でも、アレだ。知ると霊能力を失くすのは困る！」

「宵坂さんは、今朝のメールにも叶井さんには強い霊能力があると書かれていましたね」

「うん。凄いんだよ！　八王子城跡で落ち武者や何かを視ただけじゃなく、阿内さんも推していた留吉イマジナリーフレンド説を崩してくれた」

――そんな説があったんだ。阿内以外にも提唱者がいるようだが、誰だろう？

「では、叶井さんは留吉さんをご覧になった？」

「え？　あっ、はい。留吉くんなら、阿内さんがいらっしゃるまで、ここにいました」

――留吉くんは阿内さんのことが苦手なような感じだったな。

そう思ったけれど黙っていた。すると阿内は、射貫くような眼差しでじっと見つめてきて、「私の周りにも、何か不思議なものが視えますか？」と質問した。

そう言い終わらないうちに、視えた。

真っ赤な目をした白い小蛇が、彼の背中から左肩に這《は》いあがり、こちらを向いてしなやかに鎌首をもたげるさまが。

「白い蛇が肩のところから顔を出して、こっちを睨んでます」

三言は目を見開いた。

「……本当だ。彼は本物の霊能力者のようですね。白蛇には、心当たりがあります」

それから間もなく、阿内三言は帰っていった。

リュックサックに中身を戻して持ち帰ったのだが、石だけは「これは、とりあえず不要でしょう」と言って残していった。

「石は重いからな。役に立たなそうだし。でも、君にとっては何か意味があるんだろう」

白はソファに座り、石を手に取って、ためつすがめつした。

石を手の中でころがしながら、こちらに目を向けずに「気づいてるか？」と言う。

「君は、自分のことを僕と言っている。記憶がないのに習慣は消えないものなんだな」

「言われてみれば……。気づいてませんでした」

フンと白は鼻を鳴らした。

「君はボンヤリさんだ！」と決めつけた。

「性格が習慣を作るのだと私は思う。たとえば私はこういう性格で、だから今パジャマを着ている！　君の習慣は、今現在の君にすでに現れている。つまり、性格は変わっていないんだ。だからもっと自信を持て！」

――あれ？　僕を励ましてくれてるの？

「なぜ黙ってるんだ？　そういうとこだぞ！　ボンヤリさんめ！」

そう言うと、白は僕に石をぶつける仕草をした。慌てて身構えると、ニヤリと片頬で笑ってポンと優しく投げてよこした。

両手でキャッチした石は、ゴツゴツして不格好だった。

「それは何かの欠片のようだ。平面に磨かれた部分がわずかに残っている。肌理《きめ》が均質で青みがかった灰色の石だ。そういう石で平らな面を形成するものといえば、まず、墓石だろうな」

よく見れば、白が指摘したとおり、縦三センチ横四センチぐらいの不定形をした平面があった。その部分はツルリとして、隅にくさび型の溝があった。

「ここに変な凹みがありますね」

「そう！　それは漢字のハライやハネの先端のように見える。たぶん字が彫られていたんだろう。おそらく、君に縁がある名前か何かだ。……ところで、いつまでも君と呼びつづけるのも他人行儀だと思ったんだが……叶井くん！」

「はい」

白は首を振って溜息《ためいき》を吐《つ》いた。

「君をくん呼ばわりすることで、私が実は君よりも年長で偉いことがバレてしまうのが問題だ。……晴翔！　叶井！　ハルちゃん！　ハルート！　二八二八四二！」

「……冗談ですよね？」

「いや本気だ。どれもしっくり来ない。仕方ない。当面は叶井くんで我慢するとしよう。私のことは白さんと呼びなさい。隣に住んでいる叔母の姓も宵坂で、遠からず君も会うことになるはずだし、留吉も白さんと呼んでいるからね」

そのときまた、ピンポーンとインターホンのチャイムが鳴った。

4

白が「叶井くんが出迎えろ」と命令するので玄関に行くと、シルバーグレーのエレガントなショートヘアが印象的な年輩の女性がドアを開けて入ってくるところだった。

「あら。どなた？」

しどろもどろに自己紹介しようとしていると、後ろから白がやってきて、

「噂《うわさ》をすればなんとやらだな！　叔母さん、彼は今朝未明に山で拾った叶井晴翔くんだよ」

「拾ったって、猫じゃないんだから！　そうそう、猫といえばイナリちゃんがさっきから《小庭《こにわ》》に来てるわよ。こんなにしょっちゅう脱走するようなら首輪をつけないと、そのうち保健所に連れていかれちゃうわよ？」

——イナリちゃん？　それに、小庭って？

「小庭というのは、うちの隣にあるカフェ兼花屋の名前だ」と白が説明してくれて、次いで、「こちらは叔母の宵坂紫乃《しの》さん。件《くだん》の小庭があるソワレ青山ビルのオーナーだ」と紹介した。

「ああ、差し入れしてくれると留吉くんが話していた……」

ついうっかり口を滑らせてしまった。

「え？　留吉って？」と紫乃が驚いた顔をした。「白くんのイマジナリーフレンドの？」

「玄関で立ち話もなんだ」と白がごまかした。「叔母さん、何か用なの？」

「うちの二階の空き事務所のことで、ちょっと相談に来たの。あがらせてもらうわよ」

白の返事を待たずに、紫乃はずんずん家の中に入ってきて、慣れたようすで洗面所へ向かった。

彼女が手を洗っている間に、白に耳打ちされた。

「留吉とイナリについては黙っているように！」

「さっき叔母さんが言っていたイナリちゃんって猫は……」

「イナリの仮の姿だ。猫は街をうろついても目立たないから。昔は順当に白狐に化けていたらしいが、江戸時代ならいざ知らず、現代の離青山に狐が出たら大騒ぎになるだろ？」

ほどなく紫乃が廊下に戻ってきた。

居間に落ち着いて、あらためてお互いに自己紹介し合った。

紫乃は阿内三言と面識があるようで、白から僕の事情を聞くと「大丈夫よ。阿内さんに頼めば、すぐに何もかもわかるから」と慰めてくれた。

優しそうな人だ。ファッションも洗練されていて、甥《おい》っ子とずいぶん違う。背筋がピンと伸びているためか、カシミヤニットのアンサンブルに細身のテーパードパンツといった何気ない格好もさまになっている。

片や、白ときたら、すでに正午を過ぎたというのに、まだパジャマを着て、ソファに座ると徐々に姿勢が崩れて、今や半ばねそべった状態だ。そのうちソファに溶け込みそうだ。

紫乃は、僕について、藤寄琥太郎と同じ反応を示した。

「ダメよ！　叶井さん、まずは病院で診てもらわなきゃいけないわ！　記憶喪失の原因が、頭を打って脳にダメージがあるせいなら大変よ？　それに警察にも行って、行方不明者届が出ていないか確認してもらった方がいいでしょう？　白くんに流されちゃダメよ。この子、本当に変わり者なのよ。悪い子じゃないんだけど、社会人として非常に難があるの」

「そうですね」

「相槌を打つな！　叔母さんも言いすぎだよ？」

「だって事実じゃないの。叶井さんみたいな人を発見したら、拾ってくるより先に一一九番か一一〇番よ。捨て猫じゃあるまいし、まったくもう！」

「だけど病院に行くなら、阿内さんに保険証を返してもらわないといけません」

「えっ？　保険証まで貸しちゃったの？　非常識だわ！　阿内さんも阿内さんよ！　もちろん彼は信用できる人だけど……。すぐに返してもらって、今日明日中に病院に行くべきですよ。わかりましたね？」

ハイ、と返事しながら横目で白を観察したら、仏頂面でムッツリしている。

しかし言い返さないところを見ると、彼女には頭が上がらないらしい。

「それで、私に相談って何？　空き事務所って、例の事件があったところだろ？」

紫乃が、ちらりと視線を寄越して、すぐに目をそらした。

「叶井さんがいるのに、外聞が悪いことを言わないでちょうだい。そんな言い方したら、まるで事故物件みたいじゃないの。あそこでは何も起きてないんですからね！」

紫乃は詳しいことは伏せておきたいようすだったが、白がギョッとするようなことを暴露した。

「三ヶ月前に、部屋を貸してたデザイナーが殺されて、犯人が飛び降り自殺しただろ？」

「もう、白くんたら！　叶井さん、勘違いしないでね。被害者さんも加害者も、ここから離れたそれぞれの自宅で亡くなったんですよ。うちの部屋では何事も起こっていないの。ただ、マスコミで騒がれてしまったから……」

被害者のデザイナーがちょっとした有名人だったために話題になり、建物の外観がテレビに映ったり、ビル名が週刊誌に掲載されてしまったりしたそうだ。

そのせいか、不動産屋を介して部屋を貸し出したのだが、なかなか借り手がつかないのだという。

「たぶん避けられちゃってるのよね。それとも不景気だから？　立地の割に、ずいぶん安くしたのにねぇ。ねえ、白くん借りない？」

「相談って、そのこと？　無理だよ。作家は貧しいんだ！　わかってるでしょ？」

「そう言うと思った。違うの、相談というのはね、お祓《はら》いできる人を紹介してもらえないかと思って。アサカワのお客さんが、あの空き室に出入りする怪しい人影を見たんですって」

アサカワというのは、空き事務所と同じフロアで営業しているアサカワ理髪店のことだと紫乃が解説してくれた。

紫乃の従兄、浅河和昌《あさかわかずまさ》がひとりで経営していて、開店から二十年以上になるとのことだ。

「和昌さんは腕が良くて、常連のお客さんがたくさんいるの。和昌さんによると、常連さんのうち何人かが、あの空き事務所に出入りする人影を見たって言ってるんですって。鍵を掛けてるから誰も入れないはずなのに。だから、あの部屋には幽霊がいて、そのせいで借り手がつかないのかもしれないって思ったわけよ」

「バカバカしい！　不動産屋が広告を打ちはじめて、まだ一ヶ月だよね？　それに事件の後で、叔母さんが信心してるお寺の和尚さんを呼んで供養してもらっただろ？」

「住職じゃなくて息子さんの方ね。あれは失敗だったわ。知ってる？　あの息子さんてば、駐車場経営に熱心なのよ。宿坊を観光客向けのホテルに改築したがってるという噂だし」

「何が悪い？　立派なやり手じゃないか」

「世俗的すぎるわよ。ご住職は徳の高いお方だけど高齢だし……。だから専門の祓い師の方がいいんじゃないかと考えたの！」

「祓い師を自称する連中は、たいがい詐欺師だ。叶井くんの方がマシだよ。祓えないと思うけど、彼の能力は本物だから」

「まあ、本当に？　だけど、それはそうとして、叶井さん、病院には必ず行ってね？」

紫乃が帰ると、白は阿内三言に電話して、保険証を返してもらう算段をつけた。

「叔母さんの言うことは素直に聞くんですね？」

「叔母さんは恩人だから。私の父は心臓に持病があって、私が物心ついた頃から入退院を繰り返し、私が十二歳のときに死んだ。一方、母はずっと不倫していて家出状態で、父の葬式にも出ない始末だった。叔父と叔母がいなかったら飢え死にしていたよ。叔母はずっと母親代わりだった。大学にも行かせてもらったし、今でも何かと迷惑をかけてる」

病院のセレクトは白に任せた。精神科と脳神経外科などがある近所のクリニックに明日の予約を取ってくれた。保険証は三言がクリニックの受付に届けてくれることになった。

藤嵜琥太郎に病院を勧められたときに白が強い抵抗を示していたことを思うと、ちょっとからかってみたくなった。

「記憶を取り戻したら、霊能力が消えるかもしれませんよ？」

「叔母に諭されて、少し考え直したよ。たしかに叶井くんが脳にダメージを負っていて我が家で急に倒れでもしたら困ったことになる。遺体を山に捨てにいくのも面倒だしね」

とんでもないことをサラッと口にする。

「明日、クリニックで検査を受けた後で警察に行こう。阿内さんからも話があるらしい」

5

――健忘症の検査がこれほどたいへんなものだったとは予想していなかった。

結局、カウンセリングや簡単なテストによる心理検査の他に、脳腫瘍など病気の可能性を探るためのCT検査、けいれん性疾患の有無を調べる脳波検査、薬物使用を否定するための血液検査と尿検査を受ける羽目になった。

クリニックは離青山の住宅街の中にあり、白が連れてきてくれて、診察室まで付き添ってきたが、あまりにも時間がかかりそうだったので途中でいったん家に帰ってもらうことにした。

担当の医師はこのクリニックの院長だという恰幅《かっぷく》のいい中年の男で、脳神経外科医。

検査後に、現時点でわかったことを告げられた。

「脳に異常はありません。違法薬物を使用した痕跡もない。解離性健忘の一種で、個人的な自己同一性と過去の経験をすべて喪失していることから、全般性健忘が考えられます」

「それって全生活史健忘とは違うものですか？　付き添ってきてくれた人がそう言ってたんですが」

医師は「ほう」と眉を上げて感心を示した。「よくご存知ですね。そうとも言います。人の一生を一冊の本にたとえた場合、個人的な出来事が書かれたページがすべて墨塗りにされた状態です。習ったことや常識的な知識まで全部失って無能力者になってしまうケースも稀《まれ》にありますが、叶井さんの場合は、習得した技能や世界の情報は憶えていて、自分の全生活史に限り忘れてしまっているようです。全般性健忘は、戦場で過酷な体験をした兵士や、性的なものを含む暴行の被害者、あとは非常に強い精神的ストレスにさらされた人がなるもので、突然発症します。とても珍しくて、私も今まで一人しか診たことがありません」

――白も似たようなことを述べていた。

「発症後、混乱したり精神的な苦痛を感じたりする人もいますが、逆に、自分が置かれた状況や自己そのものに異常に無関心になる人もいます。叶井さんは後者です」

「ええ。何か、落ち着きすぎてるみたいです。尋常じゃないと指摘されました」

「さっきの、付き添いで来られた方にそう言われたんですか？」

医師は皮肉っぽい微笑を浮かべた。白にだけはふつうじゃないなんて言われたくない、と思うべきなのかもしれない。

出掛けるとき、留吉が「病院に行くのに色喪服はよしといた方が……」と止めようとしていたことを思い出した。何を思ったか、今日の白は、紋付きの黒羽織と紫と灰色の中間みたいな色の無地の着物を着ていた。

「発見されたときの状況から、解離性遁走《とんそう》に陥っていることも考えられます」

「解離性遁走？」

「ええ。激しい解離性健忘を起こすと同時に、家出や職場放棄などをして、それまで居た場所から逃げ出してしまう状態です。遁走している間は自己同一性を喪失して、自分の人生を思い出せなくなります」

「じゃあ、たとえば、住んでいた家に戻ったら記憶が蘇るんですか？」

「それは何とも言えません。とにかく焦らないことです。叶井さんの場合、今後いちばん気をつけなければいけないのはＰＴＳＤ、すなわち心的外傷後ストレス障害によるフラッシュバックと……」

医師が急に言いよどんだので、気になった。

「なんですか？」

「……自殺未遂されたところを助けられたわけですよね？」

「ええ。自分ではまったく憶えていませんが、首を吊ろうとしたそうです」

「解離性遁走の人が、突然記憶を取り戻すとトラウマに圧倒されて自己破壊衝動に駆られる場合があるんですよ。鬱症状や自殺衝動に注意してください」

――ということは、健忘から解離性遁走になり、なんらかのきっかけで健忘が治った途端に自殺しようとして、そして再び記憶を喪失した？

よほど忘れたい出来事があるんだろうか？

「医師として、精一杯、助けてさしあげたいと思っています。記憶を回復できる可能性を高める催眠とお薬を組み合わせた治療をお勧めします。繰り返しますが、治療には時間がかかるものと思ってください。また、その治療にあたって叶井さんに関する情報を集めたり、ご家族や知人友人の協力を得たりする必要があります」

「昨日から調べてもらっているところです。今日中に警察にも相談するつもりです」

「それがいいですね。次回の予約をお取りください。血液検査の結果報告と一回目の催眠療法を行いたいと思います」

終わってからクリニックの電話を借りて、白を呼んだ。

すると白は阿内三言を伴って迎えに来た。

阿内は今まで白の家にいたとのことで、早くも判明した事実が相当あると述べた。

「私の車で、これから最寄りの警察署に行きましょう。生活安全課に顔見知りがいて、すでに話を通してあります」

「叶井くん、病院では何と言われた？」

「ほぼ、白さんがおっしゃっていたとおりでした」

クリニックで聞いたことを二人に伝えると、三言が「ＰＴＳＤの原因として考えられることはアレですよね？」と白に同意を求めた。

「間違いなく、アレとアレだな！」

「ああ、アレも……そうですねぇ」

「何ですか、アレとアレって？」

「私が言おう。叶井くん、気を落ち着けて聞いてくれたまえ」

○6○

そう言って、白は肩に手を掛けて僕の目を見つめた。悲しみを底に湛《たた》えた静かな眼差しにドキリとする。これまでの短い付き合いから、基本的にふざけた男だと思っていたが、こんな神妙な表情もできるのかと僕はうろたえ、にわかに胸騒ぎを覚えた。

次に白が僕に告げたことを思えば、真面目になるのも当然だったわけだが。

「……去年の七月十三日、ちょうど七月盆の盆入りの日に、叶井くんのご両親と妹さんは交通事故で亡くなった。叶井くんだけが奇跡的に助かったのだ」

――白によると、事故に巻き込まれたのは、約一年三ヶ月前のその日の夜遅く、家族四人で外出した帰り道のことだった。

圏央道城山八王子《けんおうどうしろやまはちおうじ》トンネル内を通過中に居眠り運転の大型トラックに追突されて、擁壁《ようへき》に激突した結果、ハンドルを握っていた僕だけはなぜか無傷だったが、助手席にいた妹と後部座席の両親が即死してしまったとのことだ。

その後、僕は父が遺した実家のマンションを売却。マンションのローンが残っており、自力で返済するのは難しいと判断したようだ。折悪しく少し前に父方の祖父も病死しており、祖父の遺産も相続することになったのだが、わずかに残ったマンションの売却益と自賠責保険の示談金をすべての相続税の支払いにあてたところ、利益が相殺されてしまった。

僕は、手もとに残ったわずかな金を引っ越し費用にあてて、勤めていたレストラン「カーサ・セグレタ」のそばにアパートを借りて独り暮らしをはじめた。

ところが生活が軌道に乗りかけたとき、今度はカーサ・セグレタの給料の支払いが滞りはじめた。挙句のはてに経営者が夜逃げして、借金の連帯保証人になっていたことから、アパートに借金取りが押しかけてきた。

さらに、再就職しようと試みたものの不採用となり、今からおよそ二週間前にアパートを退居してからは、どこをどうさまよっていたものか――。


「着きました。警察署です」

三言の声でハッと我に返った。ガラスをふんだんに用いた先鋭的な建物で、一見警察署のようでない。周辺にもモダンなビルが多いが、警察署の正面には何か大きな公園のようなものがあり、石塀の向こうから木立ちが梢《こずえ》を覗かせていた。

守衛が近づいてきて、三言に声を掛けた。

「私たちは先に降りるぞ。叶井くん、大丈夫か？」

珍しく白が僕を気遣った。

「なんだか頭がボーッとしちゃいました。自分の身に起きたことだと思えなくて……」

しかし、これで天涯孤独であることがはっきりした。

「僕の行方不明者届を出してくれそうな人っているんでしょうか？」

「やはりその点に気がつかれましたか？　宵坂さんとも話していたんですが、家族が全員亡くなっている以上、行方不明者届は出されていない公算が高いです。また、警察が叶井さんの身許調査に協力してくれる可能性には、あまり期待できません。お借りした叶井さんの持ち物は全部持参しましたが、興味を示してくれるかどうか……。ただ、名刺があったAGプランの杢目衛次という金融業者に電話で問い合わせたところ、まだあなたを探していることがわかりました。悪質な業者かもしれません。警察に相談しておいた方が安全でしょう。……では私は車を停《と》めて参りますので」

すでに夜の七時を過ぎていたが、警察署には煌々《こうこう》と明かりが灯《とも》っていた。

建物の前で三言を待った。

「あちらの公園のようなのは何ですか？」

「赤坂御用地《あかさかごようち》だ。……どうだい？　阿内さんは凄いだろう？」

「ええ。驚きました。たった一日であんなにわかるものなんですね！」

「銀行で叶井くんの通帳を記帳して金の動きを把握したんだと。クレジットカード会社にも叶井くんのふりをして電話で問い合わせをしたそうだ。君の預金通帳は最後の方が記帳されていなかったんだが、スマホのメモアプリに銀行口座やクレカの暗証番号が書かれていたそうだよ。叶井くんは今でもマヌケそうな顔つきをしているが、記憶喪失前から不用心な性質だったんだな。スマホの通信記録も全部残っていたし、通信アプリやソーシャルネットワークサービスにロックが掛けられていなかったから、過去の会話をつぶさに見ることができたそうだ」

三言は今日の昼間、僕が住んでいたコーポ子安坂とカーサ・セグレタも訪ねていた。コーポ子安坂の管理人と不動産屋から聴き取り調査をして得た情報も多いそうだ。

「カーサ・セグレタはコーポ子安坂のすぐ隣だ。二ヶ月ぐらい前から閉店していて、コーポ子安坂の管理人は店長が借金を踏み倒して夜逃げをしたと言ったそうだ。阿内さんが李目衛次から電話で聞いたところでは、叶井くんは店長の借金の連帯保証人になっているようだぞ」

そして、アパートにあった家財道具は売れるものは売ってしまったようで、あとは全部廃棄処分済みだと聞いて、僕はさすがに少し落ち込んだ。

「じゃあ僕の個人的な持ち物って、スマホと通帳を除けば、石だけなんですね」

あまりのことに溜息を吐いているところへ、三言が戻ってきた。

警察署の建物に入り、三言が受付でアポイントメントがある旨を伝えると、一、二分で、背の高い女性が大股でやってきた。マニッシュなカッターシャツの袖を肘近くまで捲《めく》りあげて、細身のズボンを穿《は》いている。年齢は四十代半ばぐらいで、陸上選手のようなアスリート体形だ。

「阿内くん、久しぶり！　この人が例の彼ね？　こちらが発見者の方？　はじめまして、生活安全課生活安全係の富士原緑《ふじわらみどり》です」

こっちへどうぞ、と、「相談室」と記されたプレートがドアに付いた部屋へ通された。

中央に灰色のスチール製デスクと折り畳み椅子が四脚。壁際に合皮のソファがあり、隅に机と椅子がもう一組ある。

殺風景な眺めだ。おまけに、窓がない。

「事件の参考人を事情聴取する部屋と同じような感じだな」と白が感想を述べた。

「事情聴取されたことがあるような口ぶりですね？」

「うん、別の警察署で何度か。廃屋でフレッシュな遺体を発見したときとか、取材に同行した人が崖から転落して意識不明の重態に陥ったときに、容疑者として扱われたからな」

――こんな人に雇われていいものだろうか？

富士原緑がクスクス笑いながら白と名刺を交換し、僕にも一枚くれた。

「以前、阿内くんから聞いて、宵坂さんの本を買ったことがありますよ。でも怖かったから、申し訳ないけど一冊しか読んでないんですけどね」

「もう少し頑張りましょう！　なんなら、こちらにまとめて献本します！」

けっこうです、と緑は笑顔で断った。

勧められた椅子に腰かけると、僕の向かい側に座った。白と三言もそれぞれ椅子に座る。

三言は僕のリュックサックをテーブルの上に置いた。

「これは叶井さんが発見されたときに持っていたもので……」

三言が緑にこれまでの経緯と、すでに判明した事実を伝えた。

Ａ４サイズの大学ノートにメモをとりながら一通り聴き終えると、緑は真剣な面持ちで僕に向かって話しはじめた。

「阿内くんから電話で発見場所と叶井さんのフルネームを聞いてすぐに、行方不明者のデータベースをあたりましたが、叶井晴翔さんの行方不明者届は出されていませんでした」

「やっぱり。僕の家族は、みんな死んじゃってますからね」

「ええ。お気の毒です。叶井さんの発見場所の所轄署にも問い合わせてみたんですけど、提出されていませんでした。ただ、去年七月に起きた圏央道城山八王子トンネルの事故のときに、叶井さんと会ったことがある所轄署の刑事と電話で話すことができました。事故直後の叶井さんは、たいへんな衝撃を受けてはいたものの記憶障害はなかったそうですよ。叶井さんが当時二十三歳と若かったので、交通課の方でも叶井さんの支えになってくれそうな親族を探したんですが、母方のご親戚も皆さん亡くなっていることがわかって、結局、勤務されていた飲食店の店長さんが叶井さんに付き添ってくださったとか……」

なんと、母方の親戚も全滅していたとは！　記憶がないなりにショックを受けていると、三言が質問した。

「それは、カーサ・セグレタの店長の猪上《いのがみ》昭壱《しょういち》さんという方ですか？」

緑はノートの前のページを開いて、書いたことを確かめた。

「そう、猪上昭壱さん。事故の直後から検査入院中もずっと叶井さんに付き添っていたそうです。彼も今年の八月から行方がわからないみたい。店舗を貸していた不動産屋から警察に相談があったそうだけど、犯罪に巻き込まれた可能性は低いから警察としてできることはないと説明して帰ってもらったそうよ。こっちも行方不明の届け出はされていません。猪上さんについては、ちょっと驚いてしまいました。だって、あの猪上昭壱ですよ？」

「どういう意味ですか？」と僕が緑に訊ねると、「そりゃあ猪上昭壱はかつての有名人だからな！」と白が大声を出した。

「そうなんですよね」と緑が言った。

「人生ってわからないもので、猪上昭壱さんは二〇〇〇年から二〇〇五年ぐらいの頃はメディアに引っ張りだこで、タレントみたいになっていました。当時三十代半ばで、イタリアで修行したワイルドなイケメンシェフだったから……。その頃六本木にできた新しいビルでイタリアンレストランを開店したときはテレビで宣伝してましたっけ。その頃まだ学生だった私には敷居が高すぎたけど、いっぺん行ってみたいと憧れたものです」

「ところが、猪上昭壱は妻に暴力を振るい、弟子たちをパワハラしてたんだ！」と白が緑の後を継いだ。

猪上昭壱は、弟子のひとりが自殺して遺族に訴えられ、それと前後して妻がドメスティックバイオレンスで警察に届け出たのが原因で、表舞台から退場したのだという。

「社会的地位が完全に潰《つい》えたわけだ。妻と離婚して莫大《ばくだい》な慰謝料を支払ったところまでは週刊誌の記事になったが、マスコミの関心もそこで尽きたね」

「所轄の署員によると、叶井さんに対しては献身的で、実の親子のようだったそうだから、心を入れ替えたのかもしれませんけどね……。猪上昭壱は八王子市出身だそうです。故郷に戻って仕事を再開して、そこに叶井さんが勤めていたわけだけど、猪上は倒産処理を行わず、住民票も移さず、何もかも放置して逃亡した形跡があったんですって」

「つまり夜逃げか！　連帯保証人を放り出して、ひとりで逃げるとはひどい奴だ！」

「連帯保証人？」と緑が興味を示したので、三言が杢目衛次の名刺を見せながら説明した。話を聞くと眉を曇らせ、「少々お待ちを」と断って席を立ち、戸口のところで「アキヤマさんを呼んで！　パソコン持ってきてと伝えてね！」と通りすがりの署員に指示した。

「少し心配ですね。電話で問い合わせた所轄署の警察官を紹介します。連絡先を教えますから、何かあったら相談してください。それと、今、金融詐欺や悪徳業者の事件を担当している刑事を呼びました。杢目衛次の会社についてちょっと調べてもらいましょう」

間もなくアキヤマが現れた。ノートブック型パソコンを小脇に抱えた、三十歳前後に見える青年で、ノーネクタイでスーツを着ている。

「富士原部長、お呼びですか？」

緑がカーサ・セグレタの猪上と金融業者の杢目衛次についてかいつまんで話すと、アキヤマはすぐに事情を呑《の》み込んだようすで、「まずは関東財務局のホームページで検証します」と言いながらノートパソコンを開いてカタカタとキーボードを叩きはじめた。

「貸金業者は地域の財務局か都道府県庁に登録する義務があって、登録された正規の業者はホームページで閲覧できます。これで登録が確認できない業者からは借入れちゃいけないんですよ。金融庁でも、無登録なのに架空の登録番号や別の登録業者を詐称している悪質な業者をインターネットで公開しています。財務局の方に載ってなくて金融庁の方に載っていたら、真っ黒なわけです。さらに日本貸金業協会のホームページでも闇金業者の検索データベースを作って業者ごとの犯罪の手口まで載せていますが……」

果たして、杢目衛次のＡＧプランは、アキヤマの言う「真っ黒」であった。

「八王子の所轄署に照会してみましょう。何かわかったらご連絡します」

6

三言に送ってもらって白の家に戻ると、初対面のときと同じようにイナリがドアを開けて出迎えた。今夜は真紅のベルベットのワンピースを着ている。

「阿内三言は帰ったわね？」

「留吉くんも阿内さんのことが苦手なようですが、イナリさんもですか？」

僕がそう訊ねると、イナリは鼻に皺《しわ》を寄せてしかめ面をした。

「あれは蛇神憑《へびがみつ》きよ！　私とは相容《あいい》れない。留吉は、少し怖がってるんでしょう」

「そういえば、阿内さんの肩に白い蛇が視えました」

「人間に憑くなんて卑怯《ひきょう》なことよ！」

――神さまもいろいろなのだ。

「そうだ。留吉くんはどうしてますか？　お腹《なか》を空《す》かしてないといいけど。僕たちは帰りがけにお蕎麦屋さんで食べてきちゃったんです」

「留吉は食べることは好きだけど、食べなくても平気だから大丈夫」

留吉はもう眠っているそうだ。夜は遅くとも九時頃までに蒲団に入り、朝は薄暗いうちから起きているという。

イナリが猫に化けるところを見てみたかったが、ちょっと目を離した隙にどこかへ行ってしまった。

翌朝になると、再び留吉が呼びに来た。僕はもう起きていて、数少ない私物である石を手にとって観察していた。

「白さんも小さい時分には、よくそんな石を拾ってめえりやした」

「へえ。でも、これ、墓石の一部みたいなんだよ。もし本当にそうだとしたら、道端に落ちてるとは思えないよね？」

「そうですねぇ……。それはそうと、朝ご飯についてご相談があるんでやすが……」

昨日、僕らが出掛けている間に紫乃が来て、食料を補充していってくれていた。

――と言っても、卵とトマトとツナ缶、あとは食パンとパックライスだけだったが。

「白さんは料理しないので、叔母上は簡単なものしか置いてきません。たまに、かれぇや煮物を鍋ごと持ってきてくれるんですけど、叔母上もお忙しいですから……。てまえは〝とらうし〟とやらで刃物が苦手なので、何も作れませんし……」

留吉は情けなさそうに、しょんぼりした。

「それ、とらうしじゃなくてトラウマだよね？　何かひどい目に遭ったことがあるの？」

「はあ。刀で肩から袈裟《けさ》がけにバッサリ、で、逃げようとしたところ、背中からグッサリやられちまって」

「怖ッ！　斬り殺されちゃったの？」

「へえ。昔ここに建っていたお屋敷で、奥方さまがご乱心あそばして、そういうことに」

話せば長くなると言われたので追求しなかったが、いつか全部聞きたいと思った。

僕は卵とツナ缶のツナとトマトで炒《いた》め物を作って、パックライスを電子レンジで温めた。板海苔《いたのり》とパック入りの鰹節《かつおぶし》削りを見つけたので、簡単な汁物もできた。

「ゴマ油と化学調味料があって助かりました。でも、鶏ガラスープの素や豆板醤があればもっと美味しくできたんですけど」

「お料理講座は興味ない！　しっかし、この炒め物は、ふわとろで実に旨いなぁ。トマトだけに箸がトマらん、卵だけにもうタマらん、なんちゃって！」

――氷点下のオヤジギャグを、その顔で、子どもみたいなパジャマ姿で（今日はピンク色の無地だ）言わないでほしかった。

「白さんが変なこと言うから、叶井さんが凍りついてますよ」

「なぜ凍る！　私は場を和ませようとして気を遣ったんだ！　この後、叶井くんとはシリアスな話をしなくちゃいけないからね。笑うなら今のうちだぞ」


朝食後、白に呼ばれて二階にある彼の書斎に行った。

本に囲まれた穴蔵のような部屋で、本来二つある窓のうちひとつは書棚で塞がれていた。部屋に入ると白は僕にスツールを指差しておいて、自分はキャスター付きの大きな――白が小柄だから大きく見えるだけかもしれないが――革張りのビジネスチェアに座り、デスクトップ型のパソコンなどを載せた机に向かった。

キーボードに「圏央道城山八王子トンネル事故」と素早く打ち込むと、すぐにパソコンのモニター画面に検索結果が並んだ。白はいちばん上の文字列をクリックした。

「叶井くんのご家族の事故を伝える毎読新聞の記事だ。第一報よりもこの続報の方が詳細だった。叶井くんのスマホにこれを送ろうかと思ったんだが……」

「いえ！　結構です！」と僕は即座に拒否した。

「読むのも無理な感じか？　そのようすでは、自分のスマホも見ていないのだろう？」

図星だった。

「叶井くんは自分自身から逃亡したんだな。文字どおりの解離性遁走で、今も逃げつづけている」

——きっとそういうことなのだろう。

「私と阿内さんは叶井くんのスマホに入っていた情報と、事故の状況をつぶさに調べた。すぐに話すつもりだったが昨日は時間がなかったので、今、伝える。叶井くん」

「……はい」

「君は家族を殺していない。完全な不可抗力だった」

「…………」

「それから、君は、とても勇敢な人間だ」

白は真っ直ぐな眼差しで僕を見つめた。

僕は、そうしなければいけない気がして、彼の視線を精一杯受けとめた。

「度重なる不幸にめげず、全部自分で背負い込んで戦った。遺産処理をもう少しうまくやっていたら一文無しにならずに済んだだろうと阿内さんは言っていたけれど、不器用な戦いぶりであっても、とにかく気持ちは負けなかった。一年以上も戦いつづけた、その証拠がスマホの中にあるよ。……つまり、君が記憶を封印したのは最近のことだったんだ」

「そうなんですか？」

「うん。私と田邑さんが君を助けたときかもしれない。君は自殺未遂の六時間足らず前、夜の八時すぎまで、猪上昭壱に連絡を取ろうとしていた。二ヶ月前から毎日、二、三回は試みていた。すなわち、カーサ・セグレタが閉店した翌日からだ。猪上は一回も返信しなかったが、最初のひと月はメッセージに既読がついていた」

　富士原緑の話では、猪上昭壱と僕は実の親子のようだったそうだ。猪上は、天涯孤独になった僕に寄り添ってくれた雇い主だった。僕は彼を慕っていたのかもしれない。

「コーポ子安坂の管理人によると、猪上は、閉店後しばらくの間は、夜中や明け方になるとこっそり店に戻ってきていたようだ。三週間あまりそういうことがあり、その間には、杢目衛次と思われる男と言い争う声が聞こえたときも二、三度あるそうだ」

　三言からこの報告を受けて、白は僕が持っていた理髪店のポイントカードを思い出した。

「そう！　叶井くんが床屋に行ったのは、猪上が本格的に夜逃げした少し後ということになる！　そのとき何かあって、叶井くんはカーサ・セグレタの再開を完全にあきらめ、不屈の精神で再就職しようとしたんだ。面接した飲食店とのメールのやりとりも見た。……猪上に紹介状を書いてもらえなかったことがアダになったみたいだね」

「紹介状を書いてほしいから連絡を取ろうとしていた……？」

「そうかもしれないし、未払いの給料を払ってもらおうとしていたのかもしれない」

「でもダメだったから、ついに絶望して、死んでしまおうとしたのかな？」

「同時に杢目衛次から猪上に代わって金を払えと執拗《しつよう》に催促されていて、それも一ヶ月ぐらい続いていたから、ついに力尽きたんだろうな。杢目といえば、奇妙なことに、叶井くんをカーサ・セグレタに呼び出そうと何度も試みていた。もちろんアパートにも押しかけていたが、なぜかいつも『店で待っているからな』と凄んでいたという管理人やアパートの隣人の証言もある。メールでも、いつもカーサ・セグレタに来いと書いてよこしている。なぜなんだ？　店に呼び寄せたがっていた理由が全然わからない」

「杢目は、最近も僕に連絡してきているのでしょうか？」

「次第に間遠にはなっているがね。最後にメッセージを送信してきたのは、君が首を括《くく》ろうとした日の夕方だ。君は杢目に返信せず、猪上に『連絡ください』という短いメッセージを二通ほど送った。……というわけで、八王子に行こう！」

「え？　どうして？　今、飛躍しましたよね？」

「論理の飛躍ではなく跳躍だ！　あえて指図どおりにカーサ・セグレタに行けば、杢目の意図がわかるかもしれないじゃないか。さあ、思い切って敵地に飛び込んでみよう！」

「杢目が何を考えてるかなんて僕は知りたくないですし、そんなことして杢目と鉢合わせたらどうするんですか？」

「私が知りたいし、そのときはそのときだ！」

「そんな興味本位な……」

「興味本位をバカにして怪談が書けるか！　それと、ついでに君の霊能力がどれほど強靱《きょうじん》なものなのかテストしたいと思ってね。私は霊能力と記憶が引き換えなんじゃないかと直感していたが、その通りなら、少しでも記憶を取り戻しそうなものは避けなければならないって理屈になるだろう？　すると君からスマホを取り上げるとか座敷牢《ざしきろう》に閉じ込めるといった人権無視な所業に出ざるを得なくなって、叔母に叱られちゃうじゃないか？」

「…………」

「それに八王子城跡の怪談を取材するなら、城跡の下を通る圏央道城山八王子トンネルも調べないと不完全のそしりを受ける。叶井くん、もしかすると家族の霊に会えるかもしれないよ？　ものは試しだ。車を運転してみないか？」

7

――かつて圏央道城山八王子トンネルは事故が多いことで知られていた。八王子城の本丸跡地の真下にあるせいで、落城の際に殺された人々の幽霊が出るために事故が起きるのだという都市伝説が存在する——

「実際は違う。ここで起きた大きな事故として知られているのは十数年前に起きた崩落事故ぐらいのものだ。トンネルの入り口が崩れ落ちたんだ。工事中の事故だったが作業員は全員無事で、その後、交通事故が多発したという事実もない」

「じゃあ、まるきりデマなんですね？」と、また落ち武者の群れに囲まれるのはごめんだと思っていた僕は胸をなでおろした。

一夜明けて、晴天の午後早く、僕は白が所有する車を運転している。

白はほとんどペーパードライバーで、免許取得後、数えるほどしか車を運転したことがなかったが、紫乃のビルの駐車場に彼の父が遺した車を保管していた。

「ケンとメリーのスカイラインC110だぞ。GTRじゃなくて、ただのGTだけどフルレストア済みだ」と白は自慢したが、乗らないのでは仕方がないと思ったら、「宝の持ち腐れじゃないぞ？　腐らないように、このケンメリは定期的にエンジンもかけて整備してるから安心しろ。車検のたびに絶賛される昭和の名車だ」と胸を張られた。

というわけで僕は、七十年代に製造された2ドアハードトップの青い「ケンメリ」を運転するはめになった。昭和の名車と白に誇らしげに言われてもピンとこなかったことから察するに、僕は自動車に興味がなかったようだ。レトロな車だと感じただけである。

運転席に座るときにはドキドキした——PTSDによるフラッシュバックを恐れていた

のだが、幸い兆候も見られなかった。

運転にも支障がない。スカイラインは快適に走り、およそ一時間後には八王子インターチェンジに辿《たど》り着いた。

午後二時、僕は、僕が家族を失ったトンネルに差し掛かった。

再び、緊張が高まった。

白は「もしかすると家族の霊に会えるかもしれない」なんて、よく考えたら僕に対してあまりにも不謹慎すぎることを言っていたが、実感がないので腹も立たない。

「記憶が蘇るかもしれませんよ？」とトンネルの入り口を見つめながら、僕は白に訊ねた。

「白さんの勘が的中した場合は、記憶を取り戻した途端にオバケが視えなくなります」

「それならそれで」と助手席で白が答えた。

「結構なことじゃないか。しょうがない、そうなったら霊能力がある助手を持つのはあきらめるよ。その場合は、ふつうのお手伝いさんになってくれたまえ。卵料理以外のものも作ってほしいな。ハンバーグとか焼きサンマとか炊き込みご飯とか大根の味噌《みそ》汁《しる》とかさ」

僕は、白の孤独をすでに少し知っていたので胸が熱くなって、涙ぐみそうになった。

僕もかなり不幸な方だと思うのだけれど、白には白の悲劇があった。

どれほど辛いことがあっても、日々は続くのだ。

「留吉も喜ぶだろう」と白が言ったとき、僕らのケンメリはついにトンネルに侵入した。

途端に、車内に冷気がみなぎった。物理的に気温が急激に低下したように感じる。

白も「あれ？　寒いぞ」と指摘した。そのとき――

「こは、かのおもしろき人なるかな。また邂逅《わくらば》すとは！　達者なりしや？」

車の屋根から逆さまになった落ち武者の首が現れてフロントガラスの前にぶら下がってきたかと思うと、割れるような大音声《だいおんじょう》で、僕にこう話しかけてきた。

僕は悲鳴を上げて、急ブレーキを踏んだ。タイヤが軋《きし》む音を立て、そこに後続車のクラクションが重なる。僕は思わず目を閉じて、ハンドルに顔を伏せてしまった。

「セーフ！」と白が助手席で叫んだ。

「追突されるかと思った！　おい、早く路肩に寄せて停車しろ！」

フロントガラスの落ち武者も逆さまになったまま大声で話しかけてきた。

「おお、ただ今、思ひ出づ。なんぢ、ここにて九死に一生を得たる者か！」

ハザードランプを出して路肩に停めると、落ち武者はふわりと浮いて、運転席の真横に降り立った。

「ああ嬉《うれ》しや。先頃出逢いし横地監物なるぞ！」

「憶えてますよ！　でも怖いんですけど！」

白が肩にしがみついて運転席まで身を乗り出してきた。

「今、視えてるんだな？　幽霊がそこにいるのか？」

「はい。八王子城跡にいた横地監物さんの霊に再会してしまいました」

「なんと！　檜原村へ逃げる途中で切腹した横地さんか！　死んだ場所より、こっちが好きなのかな？」

「うむ。祠建てさせてより、こちらに居ること多し」

横地監物は白の質問を理解して即座に答えたが、白には横地の声が届かなかった。

そこで、はからずも僕が通訳することになった。

「横地さんは、こちらの叶井くんとご家族の事故を目撃したんですか？」

「見ず、感じたのみ。城山すでに我らとひとつなればこそ。この者の、父母、妹、たいそう残念なれど、天命にてあきらめよ」

「彼のご両親と妹さんの霊も、ここにはいますか？」

僕がドキリとして白を振り向くと、「君の代わりに訊いてやったぞ」と威張られた。

横地監物はトンネル内を見渡した。

すると、壁や天井から怪しい人影がうじゃうじゃ這い出してくるではないか……。

「白さん！　幽霊の大群が湧いてきましたよ！」

「無礼なり。彼ら我が輩《はらから》にて、長年、城山に住まうものたちなるぞ」

「……そうですか。失礼しました。でも今は呼び集めなくてもいいんですよ」

「いや、ある者を調べておりぬ。……うむ、おらぬ。ここにはなんぢが父母、妹はおらぬ。

皆、古くよりおる者どものみ。父上、母上、妹君は極楽浄土にゆかれて、病や戦の憂いなく安逸に暮らしておられよう。なんぢは心を励まして暮らせよ」

横地の言ったことを伝えると、白は「みんな成仏したということだね」とつぶやいた。

髪をおどろに振り乱した血みどろの落ち武者の格好をしていても、見慣れてくると横地は表情豊かな男だとわかってきた。

彼は白の言葉を聞くと僕にうなずきかけて、「我には、なんぢが親さえ、いみじう羨まし」と悲し気につぶやいた。

「そうか……。横地さんたちは成仏できないでいるから……。お気の毒です」

「なんの。さて、なんぢらの行く先、穢れあり。用心せよ！　これにて、さらば。また、いつでも参られよ！」

そう言うと、横地はパッと一瞬で消えた。

「また来なさいって言って、いなくなってしまいました」と僕は白に告げた。

「それと、横地さんは透視ができるみたいで、これから行く場所が穢れているから気をつけなさいって。どういう意味かな？　店に食材が置きっぱなしで腐ってるとか？」

「僕が猪上昭壱なら臭いに我慢できなくなりそうだ。だって彼は閉店後もときどき店に戻ってきてたんだろう？　そもそも穢れているから気をつけろというのがナンセンスだ。腸をはみ出させた横地監物が潔癖症だとは思えない！　聞き間違いじゃないのか？　まあ、いいや。そろそろ出発しよう！」

——コーポ子安坂の前に到着すると、僕らはいったん車を停めた。

猪上昭壱のカーサ・セグレタはこの隣にあるという話だったが。

「あったぞ。これか。なかなか洒落た店だ」

アパートの敷地と生垣で隔てられてはいるが、建物同士は二メートルと離れていない。

「こんなふうだから管理人が店のようすをチェックできたんだな！　元はコーポ子安坂の大家の住居だった方に一万円賭けてもいいぞ。たぶん事故物件だ！　つまり持ち主の老夫婦がここで変死して、遺族が建物を貸しに出し、猪上昭壱が安く借りたんだ」

「妄想が暴走してませんか？」と僕は呆れたが、たしかにそれは住居として建てられたように見えた。

白壁にオレンジ色の洋瓦が明るく映える一戸建ての二階家だ。ガラス張りのドアと、玄関ポーチの庇の下に取り付けられた《ＣＡＳＡ　ＳＥＧＲＥＴＡ》という鉄製の切り文字がレストランらしさを演出しているけれど、ふつうの家と変わらない造りである。

フェンスや庭はなく、建物の前はコンクリート打ちっぱなしの駐車場になっていて、ドアに《閉店のお知らせ》と書いた紙が貼ってあった。

駐車場に車を入れると白が先に降りた。「建坪は四十坪を少し切るぐらいか。隠居した老夫婦が住むのにちょうどいいな」と、つぶやきながらドアに近づき、ノブに手を掛けた。

「おや？　鍵が開いてる！　よし、入ろう」

「ちょっと待ってくださいよ……」

ためらいなく不法侵入する白を追いかけて、僕も一緒に店内に足を踏み入れた。

「いらっしゃいませ」

聞きなれた声が店の奥から飛んできた。

途端に、僕にとってのその人「イノさん」と過ごした大量の時間が、一瞬のうちに頭に流れ込んできた。

――十八歳で社会人になってからこの方ずっと、僕はイノさんを師と仰ぎ、共にこの店の厨房《ちゅうぼう》で働いていた。

渦を巻く記憶の洪水に溺れて僕はよろめき、床に尻もちをついてしまった。

「晴翔、おまえか？」

イノさんが太鼓腹を揺らして、こっちに駆け寄ってきた。いつも店で着ている黒いシャツのお腹がはちきれそうだ。

白や富士原緑が話していたタレント気取りの人気シェフでもなければ、暴力的なパワハラ男でもない、僕が知っている、アルコール依存症と肥満に悩む心優しい五十八歳の猪上昭壱その人だった。

「イノさん、何度もメッセージを送ったのに、どうして返信してくれなかったんですか？」

「すまなかった。許してくれ」

イノさんは、僕の前に屈《かが》みこむと頭を下げた。

その後頭部が爆《は》ぜたように破壊されているのを見て、僕は息を吞んだ。

赤黒く濡れた髪に大小の骨片がこびりつき、あらためてよく見れば両耳から垂れた鮮血が襟に染み込んでいた。右胸にも深い傷があるらしく、その部分のシャツの布が裂けて血に塗れている。

驚愕《きょうがく》する僕に対して「杢目に殺られたんだ」と彼は言った。

「いったいどうして？」

「あの夜、杢目は取り立てに来て、俺は今までずっとそうしてきたようにのらりくらりとやり過ごそうとした。晴翔には言っていなかったが、杢目に返済を猶予してもらっていたというのは嘘で、奴には弱みがあったから、いざとなれば踏み倒せると思ってたんだ」

「弱み？」

「まっとうな業者じゃないからね。銀行や信用金庫から見放された俺に、なぜ金を貸してくれたんだと思う？　返済するのが難しくなったとき、俺は、以前一緒に飲んだ折にヤツが傷害事件で執行猶予中だと言ってたことを思い出した」

無登録等の違法営業を行う貸金業法違反は、たとえ無理な取り立てをしなかったとしても、それだけで犯罪だ。明るみに出れば、執行猶予が取り消しになる可能性が高い。

「李目とは、尾羽打ち枯らして八王子に戻ってきて、偶然再会したんだ。高校を中退してヤクザな連中の仲間入りをしたことは知ってたけど、ガキの頃は親友だったから、会ったときは嬉しかったよ！　……金を借りなきゃよかった。返済できないことがわかっていながら借りてしまって、でも、李目は執行猶予中だから、俺には強く出れないはずだった」

なんと卑怯な。有体に言って、李目もイノさんも、どっちもクズだ。

――イノさんが心の弱い人間だということは知っていた。

最後の一年は、仕事中に酩酊《めいてい》状態に陥ることもざらだった。酒の誘惑にどうしても勝てず、過食にも苦しんでいた。体調が優れなかったくせに、医者に事実を突きつけられるのが怖くて定期健診をさぼってもいた。

しかし、まさかここまで性根が腐っていようとは……。

……いや、僕は彼の卑怯さに、うすうす気がついていたのではないか？

「李目は暴力団と繋《つな》がりがある。ヤツも上から追い込まれていたらしいんだ。それで、営業時間中も店に来るようになって、客が離れた。……晴翔、閉店後、厨房の片づけを手伝いに来てくれてありがとう。ここに来るたびに、やり直そうと言ってくれたな？」

そうなのだ。僕はイノさんとの最後の日々を回想した。

店舗を原状回復する手伝ってほしいとイノさんから言われて、閉店から二週間ばかりの間、ほぼ毎日、僕は店に足を運んだ。

実際には片付けや掃除をするよりも、イノさんと語らっている時間の方が長かった。

閉店してからも、二人でレシピを考えたり料理をしたりしたことが何度もあった。

「晴翔に励まされるたびに、いつか店を再開できるような気がしたよ！　本当は、もうダメなことは百も承知だったのに」

——二人で夢を見ていたのだ。

「長いこと期待させて申し訳なかった。俺は、おまえからも逃げ回ってしまった」

そうだ。僕は憶えている。

閉店から三週間が過ぎたある日、イノさんがいつものように電話をかけてきた。

初めは、杢目以外の誰かから金を借りる算段がついたのかと僕は予想した。

なぜって、その前の日に、イノさんがそう言っていたから。

でも、違った。

イノさんは最初、電話の向こうでなかなか言葉を発さなかった。洟《はな》をすする音がして、僕は不安になった。「どうしたんですか？」と僕は心配した。

すると彼は、ようやく声を絞りだしたのだ。

「今までおまえのことを騙《だま》していた。本当は、やり直すなんてもう無理なんだ。あきらめてくれ」

僕は「どういうことですか？」と問い返した。

「俺に二度と構うな！」

怒鳴りつけられて、僕は沈黙した。反発や怒りは覚えず、深い哀《かな》しみに落ち込んでしまった。

なぜなら、彼の声は悲鳴のようだったから。

僕がイノさんに見切りをつけたのは、このとき、僕自身も現実から目を背けていたことに気がついたからだ。

あれで、僕も夢から醒《さ》めた。

「いいえ。僕も自分をごまかしてたんです。だけどイノさんに恩を感じていたし、尊敬してましたから」

「俺にはそんな価値なんてない！　晴翔も知っているように、客が減ってから、俺は店の二階に寝泊まりしていた。でも、あの電話をする前、杢目に言われたんだ。『おまえはホームレスだ』って。たしかに家は引き払っていたし、店の家賃だって、四ヶ月も払っていなかったから、いつ追い出されても不思議じゃなかった。そう思ったら、晴翔を繋ぎとめておくのが怖くなったんだ」

イノさんはおいおいと泣きだした。僕も釣られて泣いてしまった。

突然、乱暴に肩を摑《つか》まれた。

「おい！」と耳もとで怒鳴られて振り向くと、白が爛々《らんらん》と目を輝かせていた。

「さっきから独り言が凄いぞ！　おまけに泣いている！　まるで頭がおかしな人みたいだぞ？　イノさんて誰だ？　さては猪上昭壱だな！　ということは、つまり猪上は死んでたのか？　大変だ！」

少しも大変そうではなく、あからさまに嬉しそうなようすだ。

「ええ。杢目衛次に殺されたそうです」

僕が答えると、白は「うちひしがれている場合か？」と叫ぶが早いか、厨房との境にあるバーカウンターを乗り越え……ようとして苦労しはじめた。運動神経に難がありそうだ。

「いったい何をしてるんです？」

「死体を探す！　コックさんだろ？　こういう場合、たいがい包丁で刺されて厨房で倒れてるもんだ！」

「違いますよ」とイノさんが泣くのも忘れて、呆れ顔で応えた。

「違うそうです」と、すかさず僕が通訳した。

「この人は誰？」とイノさんが僕に訊ねた。

「宵坂白さんといって、今、僕がご厄介になっている人なんだ。僕は、あれから……」

「ストーップ！」白に遮られた。

「猪上サンが私のことを質問したんだな？　説明は後回しにしろ！　猪上さん、私は善意の第三者だ。早く死体を見つけて警察に知らせないといかん！　猪上サンもそう思うでしょ？」

まるで見当違いの方を向いて白はイノさんに訊ねた。イノさんは肩をすくめた。

「そうですね。……俺の死体は厨房の床下です。包丁で刺されたんじゃありませんが、そこで殺されたのは合ってます。その後、床下の貯蔵庫に放り込まれたんですよ」

僕が伝えると、白は「やはりここで殺されたのか」と、厨房を覗き込んだ。

この店の厨房は、カウンターの陰に調理台と洗い場があり、奥に大きなピザ焼き窯《がま》を配置した、イタリアンレストランでは人気のある構造になっている。店内から見える位置にピザ焼き窯を置いて、ピザの生地作りの実演をすると、客寄せになるからだ。

火掻き棒や灰掻きといったファイアーツールは、壁に鋳鉄《ちゅうてつ》製のフックを取りつけて吊してあった。厨房の壁は耐熱性の高い素焼きレンガ風のタイル張りだったが、長年のうちに火掻き棒の先があたる部分が黒く変色していた。

火掻き棒がないことに僕は気づいた。黒く色が変わった壁が剝き出しになっているのを見て「あれ？」と半ば無意識につぶやくと、イノさんが悲しそうに言った。

「あの夜、李目と口論になって、背を向けたら、そこに向かって突き飛ばされて、運悪く、ちょうど火掻き棒棒の鉤《かぎ》が胸に突き刺さってしまったんだ。でも、大声で悲鳴をあげて

『刺さってる！　助けてくれ！』って杢目に言えたぐらいだから、致命傷じゃなかったと思う。俺は肥《ふと》っていて肉厚だからね……」

しかし杢目は助けるどころか、窯のそばに積んであった薪《まき》で、絶命するまで彼の後頭部を繰り返し殴りつけたのだという。

「たぶん杢目は混乱したんだ」とイノさんは言った。「パニック状態だったんじゃないかな？　すぐにカッとなる粗暴な人間だったが、俺に暴力をふるったのは初めてだった。それに、経緯から見ても、最初から殺すつもりじゃなかったのは間違いないから」

このイノさんの見解に、白は否定的だった。

「大怪我をさせてしまった以上、猪上サンを生かしておけば、杢目は逃げても逃げなくても警察に逮捕されて執行猶予は取り消しになる。でも、いっそ殺してしまえば逃げ切れるかもしれない。咄嗟にそう考えたんじゃないかな？　殺して、ついでに叶井くんに罪を着せておけば安心だな！」

「え？　僕ですか？」

「そうだよ。なぜか杢目は君をここに呼び出そうとしていたじゃないか？　猪上サンを殺害した後なら、呼び出す動機が生じる。だって、君に容疑がかかるように仕向けられるじゃないか？　ときに猪上サン、凶器の薪と火掻き棒はどこですか？」

イノさんはピザ焼き窯を指差した。杢目は証拠隠滅を図ったようだ。僕が窯を覗き込んだので、イノさんのジェスチャーが見えなくとも、白は察したようだった。

「なんてこった！」と嘆く。「証拠を隠滅されてしまったか！」

「いいえ」と僕は言った。

薪が一本、燃えた形跡もなく、灰の上に転がっていた。火掻き棒もあった。

訊くまでもなかったが、「火を落としてあったんですね？」とイノさんに一応確かめた。

「当然だよ。だから俺は、やっぱり杢目は気が動転していたんだろうと思うんだ。晴翔を店に呼び出そうとしたのだって、俺の死体を見つけさせるためだったかもしれないよ？」

けれども、これにも白は否定的だった。

「甘いな！　激甘だ！　杢目はワルなんだぞ？」

「でも、昔は親友だったんですよ。本当は気が小さいヤツなんです」

「イノさんは、前は親友だったし、杢目は気が小さいって言ってます」

「甘々だな。弟子はボンヤリさんで、師匠は甘ちゃんか！　傷害の前科持ちで悪徳金融業者だぞ？　すでに杢目は叶井くんを罠《わな》に掛けるために一一〇番したかもしれない」

「えっ？」

「そりゃそうさ！　杢目が最後に君を呼び出そうとしてから何日も経ってないんだからな！　私が杢目なら、近くで見張っておいて、君が店の中に入ったらただちに……」

白がすべて言い終わらないうちにパトカーのサイレンが聞こえてきた。

「通報するだろうと思ったら案の上だ！　見ろ！　私の推理があたってしまったじゃないか！　君たちのせいで面倒なことになったぞ」

8

「全部ツクちゃんのせいだわ！　叶井くんは1ミリも悪くない」と七穂が感想を述べた。

白と一緒にカーサ・セグレタを訪れてイノさんの幽霊に遭ってから、一週間が過ぎた。

あれから僕と白は警察署で事情聴取を受けた。

白の推理は九割ぐらいあたっていて、警察に通報したのは杢目衛次だった。

ただし、そばにいて監視していたわけではない。最近は、スマートドアセンサーといって、ドアが開閉するとスマホに通知が届く便利なものが家電量販店やネットショップで簡単に買える。カマボコ板程度の厚みと大きさで両面テープで簡単に取り付けられ、スマホアプリをダウンロードするだけで、これといって難しい操作も要らないそうだ。

スマートドアセンサーの通知を受けて、杢目は警察に通報した。

閉店したレストランに怪しい男が侵入したと告げて店の住所を警察官に電話で教えたのだが、浅知恵もいいところだ。

結局、ドアに貼りつけられたスマートドアセンサーの本体から足がつき、なんのかんのと言い逃れしようとしたが、最後には泥を吐いた。

しかしながら僕と白も、重要参考人として翌日まで警察署に留《とど》め置かれたのだった。

あたりまえである。白が、駆けつけた警察官に対して、死体の在り処《あか》と殺害手段、凶器の三点セットをその場でスラスラと教えてしまったのだから、怪しむなと言う方が無理というものだ。

しかも、客観的に見れば、僕にはイノさんを殺す動機があった。

なにしろ僕は死ぬほど困窮していて、その原因を作ったのはイノさんなのだから。

富士原緑が僕と白に紹介してくれた八王子の所轄署の刑事が口ぞえしてくれなかったら、冤罪《えんざい》で殺人犯にされていたかもしれない。

解放された後も、八王子の警察署に呼ばれて逮捕されたのが杢目本人かどうかを確認させられたり、こちらの警察署からも富士原緑に呼び出されて話を聞かれたりして、一昨日ぐらいからようやっと落ち着いてきたのだ。

七穂は、白と八王子城跡に行った翌日から、彼に再三、僕の状況を訊ねていたという。

彼女は「なんで返事をよこさないの？」と離青山の宵坂家に来るなり白を責めたてた。

今日も髪を夜会巻きにして地味な和服を着ている。迎えた白はまたしてもパジャマ姿だったが、全然驚かないところを見ると、七穂は彼の習慣を先刻承知なのだろう。

「心外だな！　昨日、返信したじゃないか。それに今日はディナーに招待した。充分だろ？」

——僕は今朝、七穂が来ると白から聞いて、ご馳走《ちそう》を作って待っていた。

イナリの案内で近所のスーパーマーケットへ行き、食材を揃《そろ》えるところから始まって、留吉をアシスタントにして本格的な料理をしたのだ。この家に来て初めての試みで、留吉も興奮していた。刃物が使えなかろうが、素直で働き者の彼がとても役立ってくれたのは言うまでもない。また、買い物に行く前に、白がポンと自分の財布を僕に投げてよこしたときには目を丸くしていた。

「こりゃまた珍しいこともあるもんです！　白さんは、あれでけっこう疑り深いし、しわいや（ケチ）なんですよ」

「聞こえてるぞ！」と白が言った。「だれがシワシワだって？」

「さ、行くわよ」と僕の肘をイナリが引っ張った。小学五、六年生の姿で、今日はサテンリボンとフリルがいっぱいついたゴシック調のミニドレスを着ている。連れだって街を歩いたらさぞかし目立つだろうと思いきや、家の外に一歩出た瞬間に真っ白な猫に化けた。

隣のソワレ青山ビルの前を通りかかると、エントランスの前を箒《ほうき》で掃いていた紫乃が「あら⁉」と声を掛けてきた。「イナリちゃんとお出かけ？」

「ええ」僕は紫乃に答えながら白猫になったイナリに視線を向けた。イナリは紫乃に向かってナァーと鳴き、彼女の足もとに体をすりよせた——完璧な化けっぷりだ。

イナリはスーパーマーケットの前で立ち止まり、僕が買い物を済ませて出てくるまで、そこで待っていた。「お待たせしました」と声を掛けると、他の通行人に聞こえないように小さな声でヒソヒソと「あとは、離青山茶房で私に特製焼きチーズケーキを買いなさい」と命令した。

「知らないでしょうけど、全国お取り寄せスイーツランキング一位で話題なのよ！」

「どこでそういう情報を手に入れるんですか？　もしかして流行りモノに弱い……」

「お黙り！　さあ、ついてらっしゃい！」

家に着くと、イナリは再び女の子の格好に戻り、白のお金で買った特製焼きチーズケーキの箱を持って屋敷神の祠の中にスーッと消えていった。

祠の内部がどうなっているのか、いつか見せてもらいたいものだ。

そして僕は料理をした――イノさんとカーサ・セグレタの厨房で過ごした日々を追憶しながら。

イノさんに教えてもらった技術の一つ一つを、これからも大事にしていこうと思う。

彼とは、カーサ・セグレタで永遠に別れた。

警察が踏み込んでくる直前に、イノさんは僕に告げた。

「俺は逝くよ。もうこの世に思い残すことはない。晴翔に逢《あ》えてよかった。元気でな」

言い終えるや否や、眩《まばゆ》い光を放ちながらシュッと姿が縮み、テニスボールぐらいの大きさの輝く球になりながら上に昇っていき、天井をすり抜けて消えてしまった。

あっという間の出来事だった。

カーサ・セグレタ――秘密の家。イノさんこと猪上昭壱が再起を賭けて失敗した場所。白と一緒にパトカーに押し込まれる寸前に僕は振り返り、想《おも》い出の残る建物をこの目に焼きつけた。

……そのとき二階の窓辺から身なりの良い老夫婦が僕らを見送っていたことは、警察でゴタゴタしたせいで、まだ白に話していない。たまには彼の推理もあたるようだ。


「季節野菜のバーニャカウダ、秋ナスとモッツァレラのグラタン仕立てバジル風味、ヤリイカとアサリのイカ墨ピザ……その他いろいろ作りました。どうぞ召しあがってください」

宵坂家の円テーブルに料理の皿がぎっしり並んでいる。七穂は、彼女の目には誰もいないように映る僕の両隣の席から目が離せないようだ。

「……不思議。コップのオレンジジュースが減ったわ！　こっちはシャンパングラスがいつの間にか空になってるし！　叶井くんの目には彼らが視えるのよね？」

「はい。二人ともふつうに飲み食いしてます」

僕がイナリのグラスにシャンパンを注ぎ足しながら七穂にそう言うと、横で留吉が大きくうなずいた。

「へえ、遠慮なくいただいておりやす。どれもとっても美味しうございます！」

「フン！」と白が鼻を鳴らした。「どうにもこうにも小洒落たものばかりで落ち着かん。もっと庶民的な料理でいいんだ。つまり、トンカツとかブリの照り焼きとかで……」

ブックサ文句を言う割には、さっきからしっかり食べている。

「彼らはフォークやスプーンを使わなくても物が食べられるの？」

「いいえ？　イナリさんも留吉くんも、ふつうに使って食べてますよ。七穂さんにはフォークや何かが動いていないように見えるんですね？」

「ええ！　でも料理は減ってる！　面白いわぁ！　叶井くんのお陰で、彼らがツクちゃんの妄想じゃなかったのが実証されたわ。二人は何者なの？」

この質問には白が答えた。

「宵坂家の屋敷神と、おそらく座敷童子《わらし》になりかけている江戸っ子の地縛霊だ。留吉は私が幼い頃から歳を取らないが、やることはふつうの子どもとあまり変わらないぞ。近頃は叶井くんが作ってくれるご馳走がたいそうお気に入りだ」

「へい！　叶井さんのお菜《さい》は最高なんで！　この世に留まれてよかったでやす！」

留吉が目を輝かせると、白は「チッ」と舌打ちした。「食いしん坊め！」

「ところでツクちゃん、あなたがメールで転送してくれた阿内三言さんの報告書、しっかり読んだわよ」

　それなら僕も白からプリントアウトしたものを見せてもらった。僕を発見してからこれまでの経緯と得られた情報が、十ページほどのレポートにまとめられていた。

　三言は、僕がカーサ・セグレタと猪上昭壱に関する記憶のみ取り戻したことや、それでも霊能力を喪失しなかったことも、白からの報告を受けて書き記していた。

　白は「で、どう思った？」と七穂に感想を訊ねた。

　すると七穂は「叶井くん！」と行儀悪くナイフの先で僕を指すと、こう言い放った。

「あなたは死神に呪われたのよ、たぶん！」

　僕が反応するより早く、白が「冗談じゃない！」と怒った。

　僕をかばってくれるのか！　そう思って感動しかけたが、「日本には死神なんていない」と説きはじめたのですぐにガッカリすることになった。

「あれは西洋のものだ。日本で死を司るものといえば黄泉醜女《よもつしこめ》や黄泉軍《よもついくさ》、閻魔《えんま》大王、その他に人の生死を分ける神といったら牛頭天王が……あっ！」

　何か思い至ったようで、白は急に青ざめた。

　――僕にはよくわからない。牛頭天王って何だろう？

　七穂は理解できたようで、「ほらね？」と白に対して勝ち誇った。

「八王子城跡の八王子神社は牛頭天王を祀ってる。そこで死のうとしたのが叶井くんよ？

やっぱり怪しいでしょ？　彼の周りでいったい何人死んでると思って？　叶井くんは死神に呪われていて、彼に深く関わった人はみんな亡くなってしまうのよ、たぶん絶対！」

「ひどい！　たぶんはともかく、絶対というのは言いすぎだと思いますよ？」

僕が抗議すると、白も七穂に詰め寄る勢いでテーブルに身を乗り出した。

「そうだ！　聞き捨てならないぞ！　じゃあ僕はどうなる？」

七穂は左右の掌を天井に向けて肩をすくめて見せた。

「死神の胸先三寸ってところね、たぶん」

いくらなんでもあんまりだと言い返そうとして口を開いたそのとき、廊下の方でゴトゴト……と、何か重いものが転がるような音がした。

「何だ？」と白が素早く席を立って見に行った。僕たちも全員、彼の後をついていった。

僕が使わせてもらっている奥の四畳半の襖《ふすま》が開いていて、廊下に石が落ちていた。

山で助けられたときからリュックサックに入っていた例の石だ。

押し入れの上の段に入れておいたのに、ひとりでに飛び出してきたのだろうか……。

「おお！　脅かしてくれるねぇ！」

白は嬉しげにつぶやきながら拾い上げると、石に向かって話しかけた。

「いいぞ、いいぞ！　もっとやりたまえ！」

すると彼の掌中で石が一瞬ボウッと青く光ったのだが、それが視えたのは僕と留吉とイナリだけだったみたいだ。イナリと留吉は、石が光った瞬間、僕の左右の手をそれぞれギュッと握った。二人とも怯《おび》えているようだった。

僕は白から石を返してもらうと、押し入れの奥に再びしっかりとしまいこんだ。

呪われた部屋貸します

1

《デザイナー刺殺事件　被疑者死亡のまま書類送検》

——東京都港区離青山《みなとはなあおやま》のマンションで今年七月十三日に渋谷《しぶや》区在住のデザイナー・綿部《わたべ》十矢《とおや》さん（47）が遺体で発見された事件で、東京都港区○○署捜査本部は、二十日、事件後に死亡が確認された円藤香耶《えんどうかや》容疑者（28）を被疑者死亡のまま殺人容疑で東京検察庁に書類送検した。円藤容疑者は、被害者が代表取締役を務める離青山のデザイン事務所「Office + Ya（オフィス・トーヤ）」の従業員。十四日未明に豊島《としま》区の自宅マンション駐車場で遺体で発見された。殺害現場から指紋が検出されるなど物的証拠が多数ある他、被害者に対する恨みを書きつづったメモが自宅から発見されており、犯行後に十二階の自室ベランダから飛び降り自殺したものと見られる——『毎報《まいほう》新聞・東京版』

《離青山デザイナー殺人事件　年収ウン億円トップ広告デザイナーの〝隠された醜聞〟》
——七月十三日に刺殺された遺体で見つかった広告デザイナー、綿部十矢氏（47）の葬儀告別式が、先週、離青山セレモニーホールにて開かれた。綿部十矢氏といえば宣伝広告の世界で国内外の権威ある賞を数々受賞した著名人で○○美術大学准教授。その葬儀となれば広告業界の重鎮や教え子が大勢参列するかと思いきや意外なほど列席者が少なく、当取材班はじめマスコミ陣を唖然《あぜん》とさせた。公私ともに故人と親交があった某広告代理店社員・K氏はこう語る。「死者に鞭《むち》打つつもりはありませんが、綿部さんが事件の加害者と不倫関係にあることは公然の秘密でした。加害者は○○美大出身で、綿部さんは大学の教え子に手を出したとして陰で批判されていたのです。さらに近年は彼女の作品を自作のものとして発表しているのではないかという盗作疑惑も一部で囁《ささや》かれていました」——以下全文は購入後にお読みいただけます（価格・税込三三〇円）『週刊聞風《ぶんふう》オンライン』

「読み終わったか？」と白に訊《たず》ねられて、僕はスマホの画面から顔を上げた。

僕たちは《小庭《こにわ》》のテラス席にいた。

僕は、白の叔母——宵坂紫乃《よいさかしの》が経営しているソワレ青山ビルに関連する殺人事件の記事を、白の命令で、片っ端から読まされていたところだ。大量に送りつけられたＵＲＬの半分も消化できていない。

「ボンヤリした顔をしているな? さてはまだ半分も読めてないな? ボンクラめ!」

白の口の悪さは相変わらずだ。

もう十二月も半ばを過ぎた。十月中旬から宵坂家で暮らすようになって二ヶ月以上が経過したことになり、白という男に対しては、だいぶ耐性ができたような気がする。

最初こそハプニングの連続だったが、その後は穏やかな日々が続いている。霊能力の出番もなく平和に家事を愉《たの》しんでいたのだが、嵐の前の静けさだったのかもしれないな、と、ふと思った。

今回、紫乃の依頼で、関係者が二人死んだ空き事務所を視《み》ることになったのだ。

さらに白は僕に、視るだけでなく、もしもそこに悪霊がいたら出ていくように説得しろと僕に命令した。

「君ならできる!」というのだが、殺人事件や自殺がらみの案件なんて怖いから気が進まなかった。

しかし、そこは一文無しの居候。雇われの身の辛《つら》さもあって、断れなかった。

白は大いに乗り気だ。もちろん、これもネタにして怪談を書くつもりなのだ。僕と出逢った経緯を綴《つづ》った八王子城跡《はちおうじじょう》とカーサ・セグレタの一件はウェブ連載が好評で、書籍化して来年のお盆の時季に発売する予定だとかで……。

「まあいいや。叶井《かない》くんだから仕方がない。おおよそのことは把握できたか？」

「はあ、だいたいのことは……。殺された綿部さんの自宅も離青山なんですね？」

「そうなんだよ。ご近所さんだ」

「だから、ソワレ青山ビルが殺害現場だという誤解を生んだのかもしれませんね」

僕は、紫乃が以前、綿部たちが死んだ現場は別の場所だから、あの事務所は事故物件ではないのだと訴えていたことを思い出していた。

殺人事件現場も事務所も離青山にあったから混同されたのかと思ったのだが、白は首を横に振った。

「いいや！　主に〝ブンプー砲〟のせいだと私は思うよ。つまり、『週刊聞風』が、被害者と加害者のただれた関係を暴いたんだ。そのとき、叔母のビルの外観が誌面にバッチリ載ってしまったし、建物名まで書かれたからね。叔母はマスコミだけじゃなく、しばらく野次馬にも手を焼くはめになった」

「その写真、さっきオンライン版で見ました。聞風では『師弟の愛の巣Office＋Yaがあったセレブタウン離青山のビル』ってキャプションまで付けて煽《あお》ってましたね」

「セレブタウンだぁ？　私に言わせれば、ふつうの住宅地だ。私が通った幼稚園と公立小学校と週に一度は落とし穴を掘っていた児童公園があるような町だぞ！」

白はそう言うけれど、ここ《小庭》の店内にも、いかにもリッチそうな紳士やモデル風の美女がお客で来ているし、テラス席から見える往来を歩く人たちにも洗練されたファッションの者が多い。

通りすがりに白を振り返る人がときどきいるが、これは白がお洒落《しゃれ》だからとか有名だからとかいう理由ではなく、和装が目立つせいだろう。白はいつものように家ではパジャマを着ていたが、隣のビルに出向くにあたって、わざわざ着物に着替えた。

今日は師走にしては暖かな日なので、袴《はかま》は穿《は》かず、袷《あわせ》の着物を着流しにして、上に黒いウールの二重回し——というのだと留吉《とめきち》に教えてもらった、上半分がマントのようになった和装用のロングコート——を着て、カシミヤのマフラーを首に巻いている。

僕はといえば、つい先日、白から貰《もら》った初めてのお給金で買ったファストファッションの冬服を着ている。

十一月から月ごとの基本給が支払われることになった。相変わらず自分史を忘れている僕だけど、その他の生活の知恵などと同じように服装の好みも維持されているようで、買い物するのに困らない。ハンカチやグルーミングの道具も手に入れた。最初に泊まった奥の四畳半が僕の居場所と決まったが、白は部屋代や食費を取らないと言ってくれたので、これから少しずつ私物を増やしていけそうだ。

「あの部屋は噂《うわさ》が風化するまで無理せず空けておくしかないんじゃないかと言ったんだが……叔母も金が要るんだろうね。僕が送った《資料その２》は見たかい？」

デザイナー殺人事件の記事が《資料その1》で、《資料その2》は事件後に空き事務所を借りた二人の人物に関する情報だった。

一人目の入居者は四十歳の税理士で、以前から紫乃の知り合いだったようだ。

「叶井くんと会った約二週間後、十月の終わり頃に入居した《伊川《いかわ》ますみ税理士事務所》の伊川益美《ますみ》さんは、叔母が長年税務関係の仕事を依頼していた会計事務所を今年独立したばかりだった。円満独立で、この数年来、叔母を担当していた。つまり、独立すると聞いた叔母が『格安で借りませんか』と直接、彼女に持ち掛けたわけだな。十月下旬から借りて、まずはリフォーム業者を入れて内装工事をし、十一月初旬に事務所でお披露目パーティを開いた。五十人ぐらい集まっていたようで、叔母も招待されたから顔を出したと言ってたよ」

――ところがお披露目パーティの当夜、伊川益美は世田谷《せたがや》区のマンション九階にある自宅のベランダから転落して死亡した。

「彼女の件は自殺ではなく、転落事故死として処理された。パーティーでは伊川さんも来客たちとシャンパンやワインを飲んでいるところが目撃されていた。伊川さんは礼儀正しいしっかり者だったそうだが、このパーティーは夕方から夜十時頃までダラダラやっていたそうだから、最終的には酔っぱらってしまったとしても不思議じゃない。帰宅後、酔いざましのために夜風に当たろうとベランダに出て誤って落ちた……というのが警察の見立てだ。彼女は独身で、転落当時の目撃者もいなかった。明くる日の早朝、新聞配達員が発見したときにはすでに冷たくなっていた」

二人目は、伊川益美の死からおよそ一ヶ月後に入居した《きものどころ繭歌《まゆか》》の嶋野真《しまのま》由歌《ゆか》、三十五歳。動画共有プラットフォームで有名になったカリスマ着付け師で、古物商の免許を有する中古着物せどり師や和装小物のデザイナーとしても活動しており、ソワレ青山ビルでは、着物のレンタルやオリジナル和装グッズの販売を行う予定だったという。

「嶋野さんは、伊川益美が借りる前からこの空き事務所に興味を持っていた。なぜかというと、君も知っている田邑七穂《たむらななほ》さんが彼女のお得意さんでね」

「ああ、あの方も、いつもお着物を着てますよね」

それに、七穂も嶋野さんと同じ動画共有プラットフォームで配信番組をやっている。

「プライベートで気軽に話をする間柄なんだと。……田邑センセイはおしゃべりだからな！　つまり、マスコミが騒いでいた頃に、今話題の綿部十矢の事務所が、売れっ子怪談作家でカリスマホラー小説家で永遠の十七歳の宵坂白大センセイの叔母さんのビルにあったのよ！　と、田邑センセイは嶋野さんに話したわけだよ」

「………」

「すると、嶋野さんは細かいことは気にしない性質だと見えて、離青山に店を持つのが夢だったと田邑センセイに言って、さっそく店舗兼個人事務所でも入居可能かどうか、メールで叔母に問い合わせてきた。この決断の早さと行動力で伸してきたんだろうな！　しかしそのときは、事件から間もなかったせいもあって、叔母は少し考えさせてくれと返信したそうだ。でも伊川益美が亡くなった後、再び嶋野さんから問い合わせがあったので、今度は即答でOKした」

——嶋野真由歌が店兼事務所を開いたのは先々週のことで、まだ記憶に新しい。

そのときはソワレ青山ビルの前に人だかりがしていたので、好奇心に駆られて僕も見に行ってしまったものだ。

昨今の人気配信者はタレント並のスターだ。嶋野真由歌は元一流ホステスだそうで、華やかな美貌の持ち主である上に英語がペラペラで、着付け講座以外に日本カルチャーを英語で伝える動画配信番組も主宰している。

そんな彼女がビルのエントランスから生配信を行ったのだから、人々が引き寄せられないわけがない。集まったファンの中には外国人観光客もいた。

「憧れの離青山で着物ショップをオープンできるなんて夢みたいです！」

と、人垣に囲まれて日本語と英語でしゃべっていた真由歌は、とても嬉《うれ》しそうだった。

「あんなにはしゃいでいたのに、オープン初日の夜に、ご自宅の窓から落ちて重傷を負ってしまうなんて、お気の毒です」

僕がそう言うと、白は「うん。意外に石頭で骨太だったようで良かったな」とデリカシーに欠ける発言をした。

「全身あちこち骨折、打撲、裂傷を負って、いわゆる多発性外傷というヤツでICUに入ったが、翌日には意識を回復して、叔母が聞いたところでは、順調に快復しているそうだ。三ヶ月後を目途に復帰をめざしてるんだと。つくづく逞《たくま》しいよ。殺しても死なないね」

「あの、嶋野真由歌さんのことが嫌いなんですか？　さっきから言い方に棘《とげ》が……」

「いや、別に。ああいうイキイキしてる人間が苦手なだけ。幽霊の方が一〇〇倍好きだ」

――視えないくせに。

僕たちがいるソワレ青山ビル一階の《小庭》のテラス席からも、往来をさまよう幽霊たちが視える。白をはじめ、世の中の大半の人には視えないけれど、僕の目には生きている人とほとんど変わらない感じで、彼らの姿が映るのだ。

死の瞬間を体現している幽霊が多いようだが、中には留吉のように生前の元気だったときの格好で現れている者もいる。

イナリによれば、離青山は第二次世界大戦の折に米軍の空襲を受けて焼夷弾《しょういだん》による焼死者がたくさん出たので、その頃から霊人口が激増したのだという。

「嶋野真由歌はああ見えて案外堅実なところがあって、ホステスを辞めてからは、東村山《ひがしむらやま》市の実家で両親とつましく同居していた。築三十年余りの一般的な一戸建て住居だ。その二階の腰高窓から、庭先にあるタイル張りのテラスにドスンと落ちた。その物音で一階で寝ていた両親が目を覚まして、すぐに救急車を呼んだ。二階だから致命的な高さではないし、発見も早かったから命が助かったんだが、今回も家に帰った後に転落している」

「二件とも同じパターンですけど、偶然かもしれませんよ？　リフォーム業者やパーティーの来客は何ともなかったんでしょう？」

　真由歌もオープン前に、内装を替えさせたり、家具や品物を搬入させたりしているが、そういう業者が怪我をしたという話は聞いていない。

　白は「フン」と鼻を鳴らした。

「僕と働きたかったら、そういうつまらない正常化バイアスはすぐさま捨てたまえ！　リフォーム工事の作業員に女性は滅多にいないし、パーティーの客にしてもそうだが、あの場所との個人的な結びつきがない。自宅で転落しているのは全員、そこで働くことになったか働いていた女性だろう？　それに二件じゃなく三件だ。円藤香耶容疑者を思い出せ」

「あっ、そうか！　デザイナー殺人事件で、被疑者死亡のまま書類送検された女性も自宅で飛び降り自殺してますね！」

「うん。……つまり、この小庭のアルバイト店員の母親があやうく四人目になりかけた。というわけで、そろそろ約束の時刻なんだが……」

　白はスマホで時計を確認した。

「間もなく午後二時だ。……少し空いてきたかな？」

「そうですね。もうすぐランチタイムが終了しますから。ごちそうさまでした。美味しかったです」

小庭で昼食を食べようと提案してくれたのは白だった。そのために待ち合わせの午後二時より三十分以上前にここにやってきて、ランチセットを食べた次第だ。

2

小庭は間口が広い路面店で、往来に面したテラス席に僕たちはいた。プロパンガスのストーブが置かれているので、冬でも今日みたいな晴れた日なら快適に過ごせる。

ここはフラワーショップとカフェを兼ねたユニークな店で、花屋コーナーは店の奥の方だが、テラス席の周りにも花と緑が溢《あふ》れていた。

時節柄、クリスマスをイメージさせる真っ赤なポインセチアが目立っている。店内中央に茶色いグランドピアノがあるが、蓋を閉めて生花が飾られているところを見ると、インテリアとして置かれているのかもしれない。木目が透ける艶消し塗装、優雅な猫脚、金色のペダル……と、見るからにアンティークだ。

フードメニューはスイーツ類以外はAセットとBセットの二種類のみで、僕はBのチキンバーガーセットを食べたが美味しかった。

白はAのカレーライスを注文して、「こっちもチキンか！　この店には鶏肉しかないのか！」と文句を垂れつつ、五分ぐらいで平らげて、「早いですね！」と僕が驚くと、「カレーは飲み物」とのたまっていた。

午後二時ちょうど、花々に店の奥から今回の依頼人である紫乃と、さきほど白が「母親があやうく四人目になりかけた」と言っていた小庭のアルバイト店員・ルーシーこと楊美琪《ヤンメイチー》が連れ立ってやってきた。

「お待たせしました！」とルーシーが白に向かって言い、僕の方を向くと「はじめまして」と爽やかに挨拶した。真っ直ぐな瞳が眩《まぶ》しい。

白はあの性格だからどうせ動かないので、僕が彼の隣に移動して、紫乃とルーシーに僕らの向かい側に座ってもらった。

すぐに紫乃たちの飲み物と僕と白の紅茶のお代わりが運ばれてきた。運んできた女性に、ルーシーがペコリと頭を下げた。

「すみません、店長。ありがとうございます！」

店長と呼ばれた女性は三十代半ばくらいで、胸に「寿々木《すずき》響子《きょうこ》」と記したネームプレートを付けていた。「いいのよ」とルーシーに微笑みかけると、僕たちに「ごゆっくり」と言って、すぐに立ち去った。

紫乃によれば、今の寿々木さんが植物担当で店長、カフェ担当でパティシエの矢満田《やまだ》末《み》悠《ゆう》さんが副店長で、二人は株式会社ジャルディーノという飲食店グループの嘱託社員なのだという。

「小庭ができて五年くらいになるかしら。寿々木さんと矢満田さんの二人で、この店の企画をジャルディーノに持ち込んで採用されたの。その前はジャルディーノがチェーン展開してるチョコレート屋さんが入ってたんだけど経営不振で……。寿々木さんたちは商売上手よ。ルーシーちゃんはじめ店員さんたちも全員感じがいいし」

「ルーシーというのはニックネームですか？」と僕がルーシーに訊ねると、白が横か口出ししてきた。

「バカタレ。知らんのか？　台湾にはイングリッシュネームを持ってる人が多いんだ。台湾以外にも現代のアジア圏全域で、まま見られることだ。むしろ日本が例外なんだよ」

ルーシーは恥ずかしそうに笑って、「国では小美《シャオメイ》と呼ばれることも多いです。母や親戚の人はシャオメイ。友だちはルーシー」と言った。

彼女は台湾生まれだそうだが、十二歳から日本で暮らしてきたためか、ほとんど訛《なま》りが感じられない。

現在二十歳。邦學院《ほうがくいん》大学文学部の二年生だ。近所に父が勤務する会社の社宅があり、週に三、四回、そこから小庭に通ってきているという。

「台湾には信仰心に篤《あつ》い人が多いのです。たとえば、うちの家族は不動産を扱う家系で、昔から台北《たいぺい》の龍山寺《りゅうざんじ》を信仰していて、中でも《土地公《とちこう》》を信じてます」

「そうなのよ！」と紫乃が言った。「それで、ルーシーちゃんのお母さまから私もお守りをプレゼントされたことがあるの。ビルを経営しているから、どうぞ差し上げますって」

するとすかさず白が解説した。

「土地公というのは俗称で、福徳正神《ふくとくせいしん》という土地や資産を守護する道教の神さまのことだ。龍山寺とは、台北市の萬華《ワンファ》にある艋舺《ばんか》龍山寺のことだ。ここの本殿は仏教寺院だが、後殿には民間で信じられている道教の神さまたちがたくさんいる。学問の神さまの文昌帝君《ぶんしょうていくん》や、恋愛成就の神さまの月老神君《げつろうしんくん》あたりは日本でも有名だが、龍山寺には、その他にも十いくつもの神々が祀《まつ》られているのだ」

——あたかも事典を読みあげるかのごとし。言動に難がある男だが、物識《ものし》りなのは確かみたいだ。

「うちの家族は、毎年少なくとも二回は台湾に帰って龍山寺をお詣《まい》りするんです。特に母は信心深いので、帰国するたびに必ず足を運んできました。そうするうちに、龍山寺のお守りや台湾の雑貨を買ってきて、日本で売ることができないかしらと母は思いついたようです」

そんな経緯があり、ルーシーの母は三年前にインターネットショップを開いた。

台湾コスメや茶器、文房具を扱い、だんだん軌道に乗ってきたので、現在は従業員を雇って事務所を開設しようと計画中なのだという。

「だから、ここのビルのテナント募集の貼り紙を見て、私は母に借りてみたらって勧めました」

「怖いとは思わなかったの？」と訊ねると、ルーシーは首を横に振った。

「全然！　あそこで人が亡くなったわけじゃないし、私はオカルト的なものはあまり信じない性質《たち》です。シンプルに、母がここの二階にいたら、小庭にアルバイトに来たとき一緒にうちに帰ったり、休憩中に行き来したりできるから良いな、と思ったんです」

「お母さんと仲が良いんだね」

うらやましく思いながら僕は言った――家族全員死亡の身の上、しかも家族の想《おも》い出はすべて忘れた全生活史健忘症だから。

「でも最初、母は、家賃が高すぎるから無理だって」と言うと、ルーシーは肩をすくめて紫乃をチラリと見た。

紫乃は苦笑いして「十月の中頃までは不動産屋にお任せしていたから」と弁解した。

「だけど、その後の伊川さんや嶋田さんには、従来の四割引きのテナント料で入ってもらったのよ。仲介手数料が要らないし、何より、空けておくよりかはマシだから」

「私は嶋田真由歌さんが配信番組で『とっても安く貸していただいて、ソワレ青山ビルさんに感謝している』って話していたので、そのことを知りました。だから嶋田さんが怪我をされて二階の繭歌を閉めることになったとき、すぐに宵坂さんにお家賃を訊ねて、金額を母に伝えたんです。そうしたら、母は『それなら払える』って言って、見学に来ました」

それが、つい三日前のことだという。

ルーシーの母、楊淑芬《シュウフェン》ことオリビアは、三日前の午後三時半に小庭でルーシーと落ち合い、二階の空き事務所へ向かった。すでに紫乃は事務所の前で鍵を持って待っていた。

「オリビアさんと廊下で名刺交換をして、すぐに鍵を開けて中へ入ってもらったの」

オリビアは、ドアを開けるまでは上機嫌で、ソワレ青山ビルについてほめちぎっていたという。是非とも借りたいという雰囲気だった。

「ところが、室内に足を一歩踏み入れた途端、一瞬で全身が凍りついたみたいになってしまって……かと思えば、いきなり大きな声で何か中国語で叫んで飛び出していっちゃったから、もうビックリ！　いったい何が起きたのかと。でも部屋には異常がなかったし、わけがわからなかったわ」

ルーシーは「すみません」とあらためて紫乃に頭を下げた。

「あなたが謝ることじゃないのよ。オリビアさんも悪くないし」

「お母さんは何と言ったんだい？」と白が訊ねた。

ルーシーはペーパーナプキンを一枚取って、胸ポケットに挿していたボールペンでさらさらと《有魔鬼》と書いた。

「ヨウモウグェイ——日本語に訳せば『悪霊がいる』という意味です」

僕はゴクリと唾を呑《の》んだ。悪霊がいる。その真偽を確認することが、紫乃が僕に期待し、そして白が僕に課した使命なのだ。

「……私と宵坂さんは、エレベーターの手前で母に追いついたんですけど、そこでまた母が空き事務所とは反対側の廊下の奥を指差して、台湾の言葉で『あそこにも幽霊がいる。ここは呪われている』と言いました」

「ほかにも幽霊がいたということですか？」

僕の質問に、ルーシーはゆっくりうなずいた。

「ええ。母は怯《おび》えきって興奮していたので、とりあえず急いで連れ帰りました。私はすぐに休ませようとしたんですけど、母は帰宅すると真っ先に神棚へ向かってバイバイしはじめました」

「バイバイ?」

「参拝すること、拝むこと」と白が訳した。「道教にも神棚がある。民間信仰に熱心な台湾人の家にはたいがいあって、何かというと拝むもんなんだ。最近の若者はあまりやらないらしいが、オリビアさんは信心深いようだから、線香を頭上に掲げて、三度礼をしながら、自分の名前、住所、生年月日を神さまに告げて、悪霊退散を願ったんじゃないかな？」

ルーシーが応えた。「そうです！　よくご存じですね。母はいつも拝拝《ばいばい》してます。家族が健康でありますようにとか、お祖母ちゃんの病気がよくなりますようにとか。でも、このときは、悪霊の邪悪な力を追い払ってくださいとお祈りしていました」

オリビアの祈禱《きとう》は夜中まで続いた。やがて帰宅した父とルーシーも一緒に祈った。

「父は、母をなだめるためにそうしたんです。私も同じです。母は本気で怖がっていましたから。だけど、そのうち疲れてしまったみたいで、倒れそうに見えたので、父が寝室へ連れていきました」

――深夜零時を過ぎた頃、父の叫び声を聞いてルーシーが両親の寝室に駆けつけると、窓が開いて、カーテンが夜風にひるがえっていた。

「阿父《アーパッ》、阿母《アーブゥ》（お父さん、お母さん）！」

「我在這呢《ウォツァイツェンナア》！（ここだ！）」

父の声がした方へ行くと、ベッドと窓の隙間に両親が倒れていた。父は荒い息を吐き、母は気を失っているようだった。

父によれば、ようやく眠ったと思った母が急に起きあがって窓を開け、外に飛び出そうとしたので慌てて止めたが、凄《すご》い力で抵抗されたので、床に引き倒して押さえ込むしかなかったのだという。

父を手伝って、母をベッドに横たわらせると、間もなく母は正気を取り戻して曰《いわ》く——

「怖い夢を見たと言うんです。その夢の中では、真夜中にどこか知らない人の部屋にいて、後悔と悲しみで胸が引き裂かれる思いがして、自殺を決意してるんですって。だから窓を開けてベランダに出ようとして……そこで父に止められたのですが、両親の寝室にはベランダなんてありません。また、母は自分が窓を開けたことも憶えていませんでした」

白が訊ねた。「お母さんが視たのは、どんな幽霊だったたって？」

ルーシーは首を傾《かし》げた。「視えたのかしら？　母は『幽霊の存在を感じた』という言い方をしています。だから姿形までは……。あ、でも、どちらも女の人だと思うって！」


「片一方はアタシのことだわねぇ」

いきなり艶っぽい女の声が耳もとで囁《ささや》いたので、僕は驚いて椅子から転げ落ちた。

「いくらボンヤリさんでも、急に寝るな！　失礼なヤツだな！」

白に叱られると、床に尻もちをついている僕の横で、女がクツクツと笑った。

「ツクの字は、あいかわらず愉快な男だねぇ。ところで留吉は息災にしておるかえ？」

訊ねられたのだとわかり、僕は彼女を見あげて、しどろもどろに答えた。

「そ、息災って？　あ、元気っていう意味か……元気？……留吉くんは幽霊で、幽霊だけど元気があるかないかといえば、ハイ、元気です」

「さよか。お稲荷《いなり》さんが結界を張ってるから、アタシにはあっちの家のようすを知る術《すべ》がなくてさ。ツク公みたいにときどきこっちに出張ってきてくれたらいいんだが、留吉はあの家から出ないだろ？　だから戦争で祠《ほこら》が焼け落ちて、家ん中が見えたときには驚いちまったよ。留吉ときたら、アタシが殺《あや》めちまったときの童《わらし》っ子のまんまで、うろちょろしてるじゃないか！　あんなまたとない善い子が、なんで成仏できなかったのかねぇ？　……ちょいとおまいさん、いつまで腰を抜かしてるつもりだい？」

僕は慌てて立ちあがり、椅子に座り直した。

女は、僕の肩に手を置いて、しなやかに体を寄せてきた。さらさらと衣擦《きぬず》れの音がし、白檀《びゃくだん》と椿油《つばきあぶら》の香りが鼻孔をくすぐる。

三十代か、いって四十前後という年頃。顔立ちが端正で色気もたっぷりだが、お歯黒をして眉を剃《そ》り落としているので、現代人の僕の目には不気味に映る。緑がかった玉虫色に光る口紅を下唇にさしているのも異様な感じだ。艶々と結いあげた日本髪はともかくとして、着物の帯を前で結んでいるのも時代劇でも見かけない格好である。

「アタシの名前は宵坂琴《こと》。ツク公にお琴って誰だか訊《き》いてごらんな？　この男は何年も前から鼠《ねずみ》六匹でアタシのことを調べてるから、アタシについちゃあ牛のおいどさ！　じゃあ、続きは上で」

プツッと電気でも消したかのように姿が見えなくなった。

白が「オーイ!」と言いながら僕の鼻先で手を振った。

「モシモーシ! 明後日の方を向いて何してる? 元気って誰が? 君はビョーキだ!」

「いえ、あのですね、留吉くんは元気にしてるか訊かれたんですよ。江戸時代の人だと思うんですが、お歯黒をして変な色の口紅を塗った女の人が現れて……。そうそう! 宵坂琴と名乗って、白さんにお琴について訊いてごらんって言ってました!」

「なに⁉ 宵坂琴と、たしかにそう言ったのか!」

「はい。それと、鼠六匹だとか牛のおいどだとか、白さんについて、わけのわからないことを話してました。どういう意味かわかりますか?　僕にはサッパリ」

「江戸の洒落言葉だな。鼠六匹はム(6)がチュウで夢中。牛のおいどは牛の尻、モーとシリで物識りってことさ。武家の娘らしからぬふざけっぷりといい、唇に当時流行った笹紅《ささべに》をつけているところといい、若い男に狂って夫を殺害した宵坂琴っぽいなぁ」

「ヒエッ! 極悪人じゃないですか!」

「うん! つまり毒婦だ。叶井くん、彼女を僕に紹介したまえよ!」

「はい。『続きは上で』とおっしゃってましたから、たぶん二階で待ってますよ」

3

ルーシーは僕の能力について半信半疑だ。無理もない。突然椅子から転げ落ちたり、床に尻もちをついたまま何もない空間を見つめてひとりごとをつぶやいたりしているようすを目撃しただけなのだから。僕の精神状態が心配になっただけだと思う。

紫乃は、さすが怪談作家の白の母親代わりだけのことはあって、僕の霊能力をあっさり受け容《い》れている。だからこその今回の依頼なわけだが、宵坂琴のことも信じてくれた。

エレベーターでソワレ青山ビルの二階に行き、エレベーターホールに全員が揃《そろ》った。

「お琴さんは？」と紫乃が僕に訊ねた。

僕は周りを見回した。

この建物のエレベーターはフロア全体のほぼ中央に位置する一基のみで、エレベーターホールの左右に廊下が長く伸びている。エレベーターに向かって左側には給湯室と男女別のトイレ、そして階段の標示があり、その先に、二つドアがあった。

ドアは、エレベーター側の壁と、廊下の突き当たりに、それぞれ一つずつ。

廊下の奥のドアはまだ取り替えていないようで、素通しのガラスの上に《きものどころ繭歌》と横書きでプリントされていた。暗い室内に開店祝いの花が置き去りにされて萎《しお》れはじめているのが見える。

「そろそろお花を片付けなくちゃね」と紫乃がつぶやいた。

「嶋野さんは、もう戻っていらっしゃらないんですか？」と僕は訊ねた。

「三月を目途に戻ってきたいっておっしゃって店賃《たなちん》を払ってくださってるけど、心苦しくて。怪我が快復しないことにはどうしようもないでしょう？」

「そうですよね……。あっちにあるのが前にお話しされていた《アサカワ理髪店》ですよね？」

「そう。私の従兄がやってる床屋さん」

藺歌とエレベーターを挟んで反対側の廊下に、赤・青・白の三色のサインポールを店頭に設置した床屋があった。営業中のようで、こちらもガラス張りのドアだが、中が明るく、店内で流しているBGMが廊下に漏れている。……この曲は何だろう、カッコいいな、と思っていると白が小声で「スタン・ゲッツ」とつぶやいた。後で調べてみよう。

アサカワ理髪店は紫乃の従兄の浅河和昌《あさかわかずまさ》がひとりでやっている店で、常連客の何人かが、綿部十矢の殺害事件後に、元事務所に出入りする人影を目撃した——と、以前、紫乃から聞いたことをあらためて思い出した。なるほど、行き帰りする客が気がつきやすい位置関係だ。

アサカワ理髪店の側の突き当たりにもドアがあるが、こちらは壁と合わせてアイボリーホワイトにペイントされた金属製の観音開きで、倉庫か何かだと思われた。

「誰もいませんね」と僕は三人に向かって言った。

お琴はいない。それにまた、外から窺《うかが》った限りでは、問題の部屋の方にも幽霊は視えなかった。

「じゃあ、とりあえず部屋に入ってみましょう」

紫乃が上着のポケットから鍵束を出して、そちらへ爪先を向けた。そこで僕らはぞろぞろと彼女の後をついていったのだが。

「そろそろみんな来ちまうよ。いい加減におしよ！」

お琴の声が、件《くだん》の部屋の中から聞こえてきた。誰かを叱りつけている。

「悪いようにしないから、アタシについておいでな！」

「でも、逝こうとしても、どうしてもここに還ってきてしまうんです！」

「だから気持ちを変えなきゃならないっつってんだろ！　わからない子だね！」

お琴に叱られているのは女だ。

お琴に「子」と言われているぐらいだから、彼女より若い人なのだろう。

——円藤香耶だ。他には考えられない。

一階で見たお琴の姿は薄気味が悪かった。幽霊は僕も怖い。できたら視たくないものだ。

でも、この中で彼らと対話できるのは僕だけだ。

「白さん、今、お琴さんと円藤香耶さんが言い争っているようです」

「この部屋で？　叔母さん、ドアを開けて！」

「待ってください。まずは僕が入って彼女の言い分を聞いてみます。これまでのところ、この部屋を借りて亡くなったり怪我を負ったりしたのは女性ばかりですよね？　見に来ただけのオリビアさんまで危ない目に遭っている。白さんはともかく、女の人は念のため入らない方がいいと思います」

「そうだな」と白が同意した。「叔母さん、明日までに結果を報告するから、今日のところは私たちに任せて。ルーシーさんも、ひとまずお帰りください」

紫乃が白に鍵束を手渡した。「これよ」と鍵のうちの一本を示すと、白がうなずいて、素早くドアを開けた。

竹製ブラインドの隙間から漏れ入る光で、視界は充分に確保できた。

ドアから入って右側に広い空間がある。十五、六坪はありそうな部屋で、奥がパーテーションで仕切られ、壁際に棚が作りつけられている。ガラスのショーケースや仕事用のデスクも配置され、着物を扱う店らしく、桐簞笥《きりたんす》や衣桁《いこう》もある。

その真ん中で、二人の女が睨《にら》みあっていた。

お琴は、さっき小庭で遭ったときの格好だ。もう一方は……そう、僕は白から送ってもらった『週刊聞風オンライン』で彼女を見ていた。死んでから書類送検された円藤香耶容疑者。

　しかし、ここにいる彼女は、二十八という享年が信じられないほど若く、学生のような外見をしている。また、亡くなったときの姿で現れる幽霊も多いが、十二階から飛び降り自殺したようには見えなかった。

　ストレートのショートボブは櫛《くし》を入れたばかりのようで、着ているコットンブラウスも新品のようである。

「お琴さん」と僕が宵坂琴を呼ぶと、香耶もこちらを振り向いた。

「はじめまして。僕は、このビルのオーナーさんの……」

　自分のことをなんと説明すべきか一瞬迷って「関係者です」と無難なところに着地する。

「ここを借りた女の人たちが亡くなったり大怪我をしたりして、みんな困ってるんですよ。ズバリお訊きします。それは、円藤香耶さん、あなたのせいですか？」

　香耶は目を丸く見開いた。「どうして私の名前を知ってるの？」と少女のような声で僕に問い返した。

　この香耶は絶対に二十八歳ではない、と僕は確信するに至った。
　十八、九か、二十歳ぐらいか。今よりずっと若い頃の姿だ。
「あなたが綿部十矢さんを殺した事件が、新聞や週刊誌で報道されたからですよ。殺害後に飛び降り自殺されたのも記事で読みました。綿部さんとあなたの関係も……」

「そんなことまで?」と香耶は悲痛な声で叫ぶと、ワッと泣きだした。

すると、お琴がその肩を優しく抱いて、こちらをキッと睨みつけた。

「ちょいとちょいと! おまいさんは独活《うど》の大木かい? 背ばかり高くて総身に知恵が回ってないってんだよ! 女の子に向かって〝関係〟たぁ、呆《あき》れけえって物が言えないよ。ほんに野暮な野郎だね!」

叱られながら、僕は総毛だっていた。

お琴が怖いせいも無論あるが、それより、実際、急に室温が下がりはじめたのだ。

吐く息が白くなり、肌が露出した顔や手に寒気が針のように突き刺さる。

「なんだ? とんでもなく寒くなってきたぞ? このビルはセントラルヒーティングのはずなのに! 八王子のトンネルのときもこんなふうだったな。さては出たか!」

白が騒ぎ出したので、部屋に入ってから今までの状況を、かくかくしかじかと説明した。

だいたい聞くと、白は背伸びをして、僕の頭をポカリとぶった。

「君が悪い! デリカシーがなさすぎる。でも、お琴さんも円藤さんも、どうか勘弁してやってください。彼ね、これが初仕事なんですよ。あっちもこっちも経験不足でして」

「しょうがないねぇ」とお琴が溜息《ためいき》を吐いた。とたんに気温が上昇した。

「お琴さん、僕を許してくれるみたいです」と僕は白に伝えた。

「誰が許したって?」と、お琴。

「寒くするのは勘弁してください！　ごめんなさい！」

「そうだぞ！　ツンデレはいいがツンドラは禁止だ！　冷やすなら叶井くん限定にしろ！」

香耶は泣くのをやめて、びっくりした表情で白を見つめていた。

「この人、お隣のおうちのセンセイですよね。ときどき小庭やアサカワさんに来てますよね？　どうしてここに？」

僕が通訳すると、白が「つまり私は事件を解決しに来たのだ！」と威張った。

「事件？」と香耶が怪訝《けげん》そうな顔をした。

「あなたが生前犯した事件ではなくて……。その後、この部屋を借りた税理士の伊川益美さんが、ご自宅の窓から転落して亡くなりました。それから嶋野真由歌さんが家の窓から落ちて大怪我をし、つい三日前にはオリビアさんも、もう少しで窓から飛び出しそうになりました。僕は事件を解決するだなんてカッコつけるつもりはありませんけど、彼女たちをそうさせた原因があなただとしたら、どうかやめてほしいんです」

「私……私は……」

香耶は唇を震わせた。再び涙が頬を伝う。

「そんなことをするつもりじゃなかった！　ごめんなさい！　でも止められないの。ここで働くことになった女の人がいると、吸い寄せられてしまう……」

「吸い寄せられる？　どういうことですか？」

「その人の中に……スーッと入り込んで……なぜか最期のときと同じことを……」

ゆらり、と、香耶の姿がブレた。写真の二重写しのように、疲れた大人の女性の姿が重なったかと思うと、頸椎《けいつい》が九〇度横に折れて両目の眼球が飛び出し、虚《うろ》のような眼窩《がんか》から鮮血が噴き出した。

骨が砕け、指先があちこちに向いた両手を僕に向けて伸ばす。

「お願い！　私を助けて！」

「叶井くん、いったい何が起きてるんだ！　しっかりしろ！　私に話せ！　話すんだ！」

白に肩を摑《つか》んで乱暴に揺すられ、気絶しかかっていたことに気づいた。いつのまにか床にしゃがみ込んでいた。

恐る恐る香耶の方を向くと、幸い、投身自殺直後のさっき姿ではなく、ロングヘアをうなじでまとめた、地味な印象の容姿に変わっていた。二十八歳という実年齢よりも老けている。苦悩の末に殺人を犯してしまった女の姿に……。

香耶の言葉と今起きたことを白に伝えたところ、白は「憑依《ひょうい》現象だな」と断言した。

「つまり、この場所で自分と同じ立場になる女性だけに憑依して、死の間際の行動をなぞるんだろう。もしかすると伊川さんも嶋野さんもオリビアさんも、円藤香耶が飛び降りたのと同じ時刻に転落したり落ちようとしたりしているかもしれないな」

「円藤さんは、なぜそんなことをするんでしょう？」

香耶は「わかりません」と首を振った。

しかし白は、「後悔しているからに決まってるじゃないか！」と言い切った。

「彼女は死にたくなかったんだ！　飛び降りる前に戻って、やり直したい。そう思う気持ちが当時の行動をなぞらせる。しかし死は厳然たるものだ。間違いなく死んでいるから、リピートしたところで、憑依された人の肉体と共に再び滅びるだけだ。……うん。つまり、このままだと、円藤さんは今後もジャンジャン女性を殺しちゃうことになるな！」

香耶は泣き叫んだ。

「そんなことしたくない！　助けて！」

「誰がデリカシーがないですって？」と僕は呆れた。

「でも困ったな。円藤さんが無意識にやってることだとしたら、打つ手がありません」

そのとき、お琴が香耶の頬をピシャリと叩《はた》いた。

「だからアタシに任せておけって言ってんだよ！　それが本当のおまいさんの姿なんだろ？　若づくりして出てきやがって、恥ずかしいねぇ！　娘っ子の姿に化けていたのは、その頃に戻りたいからだろ？　思い余って殺めちまった男と、いちばん良かった時分に返りてぇ。あの頃に戻れたらどんなにいいかってか？　戻れるわけがないじゃないか！」

「………」

「無理な願いが、おまいさんに男を殺させた。アタシにはわかるんだ。なぜって、アタシも自分の夫を二人も殺めちまったのさ！　最初の婿殿は家付き娘だったアタシを追い出してお家乗っ取りを図ったから毒を盛って、次の夫は浮気をしやがったのが許せなくて……。挙句の果てにアタシは二〇〇年以上もこの世に縛りつけられてる。いいかい？　人の心は、てめえの思うようにはいかないもんなんだ！」

お琴は真剣だった。僕は一瞬、その気迫に呑まれていたが、我に返ると必死で白にお琴のメッセージを通訳した。

白は深くうなずいた。「祈りと呪いは鏡の裏表だ。円藤香耶は綿部十矢に愛されたかったんだろう。祈った末に呪ってしまった。つまり彼女の場合、自殺は呪詛《じゅそ》返しのようなものだ」

お琴の説教はまだ続いていた。

「おまいが、ここにいるのはなぜだい？　おまいは自分ちで死んだ。でも、男と二人で幸せになる夢を見た場所はてめえの貧乏長屋じゃなくて、この部屋だった。今さらここに来たって無駄なんだよぅ！」

「……無駄？」

そのときの香耶を見て、幽霊も遠い目をするのだと知った。

「そうかもしれませんね。なんて遠くに来ちゃったんだろう。私が初めてここを訪れたのは十年前。○○美大の一年生のときでした……」

　記憶を手繰《たぐ》り寄せながら、彼女はかつての恋の日々を語りはじめた。

　――○○美術大学で、綿部十矢の講義を受講した理由は、彼が憧れのデザイナーだったから。広告デザインの世界で大きな賞を立てつづけに受賞した当時三十七歳の十矢は、すでにその若さで業界随一の成功者であった。

　彼は男性的な特徴が顕著な逞しい容貌の持ち主でもあり、憧れは、たちまち猛烈な片想いに転じた。

　だからある日の講義の後で「円藤さん」と呼びとめられたときには胸が躍った。

「離青山にある僕の個人事務所で、前のアシスタントが辞めることになってね。学生アルバイトを探そうと思って、今、これはと思う生徒に声を掛けているところなんだけど……どうかな？　興味があるようなら、あらためて面接にいらっしゃい」

　手渡された名刺の住所をたよりにやってきて、ここでアルバイトをするようになり、一ヶ月もしないうちに彼と結ばれた。

　幸せで、幸せすぎて、夢のようだと思っていた。

「僕たちの関係は大学関係者には知られないように。卒業するまでは、この事務所でアシスタントをしていることも内緒にするんだよ？　わかったね？」

前のアシスタントも学生だったことや、事務所を辞めると同時に自主退学していたことは、ずっと後に噂で聞いて知った。

彼が、最初から私を狙って、私だけに声を掛けたのではないかと疑ったこともある。

その頃の彼は、関係の深い広告代理店の社内にもオフィスを構えていて、離青山の事務所は存在意義が薄かった。

怪しもうと思えば、いくらでも怪しめた。

広告代理店の業績不振で、こちらの事務所をメインに仕事を回さざるを得なくなると、彼は私を正社員にして、お給料を上げてくれた。

でも、それだけだった。

彼は、何度か学生アルバイトを雇った。いつも女の子。私は彼女たちと目を合わせることができなかった。

幸せの花が萎れて、腐っていくのを呆然《ぼうぜん》と眺めていた。そんな中でも彼に求められれば、体でも何でも差し出すことを止められず、自己嫌悪に苦しんだ。

私が描いたイラストが綿部十矢の作品として世間に讃《たた》えられれば屈折した喜びを覚え、若い頃の私に似た女子大生を彼が連れてくると嬉しかった。そして私は私自身を蔑み、やがては憎悪するようになった。

だけど、終わりを招いたのは、彼だ。あの一言さえなかったら。

「君はそろそろ辞めた方がいいと思うんだよねぇ。三十過ぎると転職も難しくなるよ？」

まるで他人事みたいに、嘲笑を含んだ声で軽く言われて、頭が真っ白になった。手遅れだけど、今ならわかる。彼にとって、私との関係なんて最初からそんなものだったのだ。

私が勝手にのぼせあがって、勝手に不幸になっていっただけ――。


僕を介して香耶の話を聞くと、白は香耶がいると彼が思っている場所に向かって「ひとつ抜かしたね？」と問いかけた。

「ブンプー砲によって、円藤香耶がアルバイトとして雇われた当時、綿部十矢は妻と離婚協議中だったことが暴露済みだ。離婚の原因は綿部の度重なる浮気だったが、つまり、君の恋は不倫から始まったんだ！　知らなかったとは言わせないよ！」

全然違う方に向かって話しかけているのが残念な感じだったが、香耶にはこたえたと見えて、再びさめざめと泣きだした。

「あんまりいじめるもんじゃないよ」とお琴が白をたしなめた。

「香耶さんをあまりいじめるなとお琴さんがおっしゃってます」

「いじめてるんじゃない！　重箱の隅をつついただけだ。……で、どうするんだ？」

「何をです？」

「決まってるじゃないか！　円藤香耶サンにお引き取り願うんだよ。君が説得しろ！」

「でも無意識に憑依しちゃってるんじゃ、どうしようもないじゃありませんか！」

「いいかげんにおし！」

大音声《だいおんじょう》が頭の中で鳴り響き、氷の粒を含んだ突風が全身に叩《たた》きつけてきた。

白が両手で顔を覆いながら床に伏せた。僕も床に這《は》いつくばって風に耐えながら、叫んだ。

「お琴さん！　やめてください！　わかりました！　わかりましたから！」

白が「凄い神通力だな。さすが私のご先祖！」と時と場所をわきまえずに感心した。

「そんなこと言ってる場合ですか？　でも、お琴さん、香耶さんにいられると本当に困るんですよ。これ以上犠牲者を増やすのは彼女も本望じゃないようですし」

始まったときと同じように急に風が止んだ。

「……だから、アタシに任せておけばいいのさ。今までずっとやってきたことなんだからさ」

「やってきたって、何をですか？」

「掃除みたいなことさね。おまいさんはアタシたちが視えるんだから気がつきそうなもんじゃないかえ。この建物の内には、アタシとこの子以外のモノノケがいないだろ？」

「あ……。言われてみれば、たしかにそうですね」

「外に一歩出たら往来はモノノケだらけなのに、ちっとは不思議に思わなかったかえ？」

「まったく気がつきませんでした」

「呆れたボンクラだねぇ。そもそもツク公の家に稲荷神が連れてこられたのは、アタシを追ん出すためだった。夫二人と家人殺しの咎《とが》で、アタシは打ち首になった。二人目の夫を殺《や》ったとき気が触れて留吉をはじめ家人を斬りまくり、隣家の者に取り押さえられたんさね。派手な事件で瓦版にも載った。本来なら宵坂家はお取り潰しさ！　それが養子に出されていたアタシの弟が出来物《できぶつ》で殿さまの覚えがめでたく、また兄者が死んだからアタシが跡取り娘になったという事情から、殿さまが『所詮おなごの仕業にて』という言い訳をつけた。そういう格別のお執り成しがあって、弟を呼び戻して当主に据えることで宵坂家は残ったが、幽霊になったアタシまで、どういうわけか土地に縛りつけられちまったという寸法さ！　よそには行かれない。転生もできない。成仏もできやしない。そこへ稲荷神が来ちまった！」

「それじゃあ行き場がないですよね？　どうされたんですか？」

「しょうがないから家の周りを二〇〇年もウロウロしてたんだよ……。でも、先代の兄弟が土地を割ってビルを建てたら、ビルには入れた。だから、ツクの字の隣に棲《す》んで、ときどきこうして掃除に励んでるってわけさ」

——ようするに、現在お琴はソワレ青山ビルに棲み、建物に入ってきた幽霊を排除しているということだ。

「さ、おまいさんも、もうわかっただろ？　わがまま言わずにアタシについといで！」

お琴は香耶の手を取って、戸口へ向かおうとした。

「どこへ連れて行くんですか？」

「橋の向こうに亡者の極楽があるのさ。年中お花が咲いて、お仲間が大勢いるから、寂しくないよ。あそこでは幽世の扉も年中開いてる。彼《あ》の世へ旅立ちたくなったら逝けばいい」

円藤香耶はグスンと洟《はな》をすすりあげて、白と僕に向かって頭を下げた。

「ごめんなさい。今まで迷惑かけて……。私、この人についていってみようと思います」

「ちょっと待ってください。お琴さんも、ちょっとだけ待って！」

僕は大急ぎで、突風に倒されたついでに不精たらしく床にあぐらをかいて座っていた白に、ことの次第を伝えた。

「橋の向こうの亡者の極楽ぅ？　花が咲いて仲間がいる？　もしや青山霊園か？」

お琴が「よくおわかりだね」と応えた。

「おまいさんたちも、ついてくるかえ？」

「青山霊園にですか？　僕は遠慮しておきます」

僕は怖気《おぞけ》をふるったのだけれど、一方、白は、

「その反応は『ついてこないか』と誘われたんだな？　当然行く。決まってるじゃないか」

目を輝かせてピョンと立ちあがると、見当違いな方角に向かって「よろしくお願いします！」と頭を下げた。

4

それから青山霊園で見た景色は、一生忘れられないと思う。

冬の日暮れは早い。部屋にいる間にすっかり黄昏《たそがれ》て、青山陸橋に差しかかったときには夕焼けが茜色《あかねいろ》に空を燃やしていた。

香耶と並んで前を歩いていたお琴が僕を振り向いた。

「おまいさんには、アタシらの世界を視せてやろう。アタシの手に触れてみな」

差し出された手は痺《しび》れるほど冷たかったが、それよりも、接触した瞬間から辺りの景色が一変したことの方に驚いた。

青山陸橋は、外苑《がいえん》西通りと呼ばれる道路をまたぐ橋だ。橋のこちら側に白や紫乃が住む離青山の町があり、向こう側には青山霊園の杜《もり》が広がっている。霊園の先には、隣町に通じるトンネルがある。

夕陽に染めあげられた天蓋と、後ろに残してきた町並だけが変わらなかった。

トンネルは消えて、小高い緑の丘になった。

橋の下には清い水をたたえた川が流れ、蘆《あし》が繁《しげ》る川岸に水鳥が遊び、土手も緑に覆われている。霊園の杜は桜と梅が満開で、橋を渡ると、紫陽花《あじさい》や薔薇《ばら》も咲いていた。

そして、終わりのない花盛りの霊園では、さまざまな姿形をした人々が——幽霊の大群衆が、ある者はベンチに腰を下ろし、またある者は遊歩道を散策して、思い思いに過ごしていた。

霊園の中に、大きな屋敷や寺院、神社、キリスト教の教会も建っていた。

「誰かが強く想ったものが形を成すのさ。それにまた、土地の想いというものもあるんだろうね」

カーキ色の軍服を着た若い兵士の一団とすれ違った。仔犬《こいぬ》を抱いた少年や赤い靴を履いた少女の姿も見た。秋田犬を散歩させている老紳士も——。

「今の秋田犬は渋谷の忠犬ハチ公だよ。亡骸《なきがら》は剝製《はくせい》になって上野《うえの》の博物館にあるが、こっちに飼い主のお墓があるからね。ここにはよそからも来られるし、誰でも生きていたときに好きだったことをもういっぺんやれるんだ。もちろんこの世から消えてしまってもいい。香耶さんとやら、おまいさんは何をするのが好きだった？　色恋以外で、何かあるだろう？」

香耶は立ち止って、自分の両手をじっと見つめた。

「私は……小さな頃から絵を描くのが好きでした」

そう言うと同時に、香耶は五歳ぐらいの女の子になった。手にはスケッチブックとクレヨンの箱を持っている。

「お絵描きしてくる！」

女の子はスケッチブックとクレヨンを胸に抱いて踵《きびす》を返すと駆け出した。

走っていく先に《ひよこようちえん》の看板のある幼稚園の園舎が出現し、香耶の姿を呑み込むと、ゆっくりと透明になっていった。

「……消えちゃいましたね」

「さあ、どうかね？　また出てくるかもしれないよ。でも、あの部屋にはもう来ないだろう。こっちの方がずうっと好《よ》いからね！」

「そうですね」と僕は応えて、あらためて幻想的な周囲の眺めを確かめた。

満ち足りた表情の人、幸せそうに微笑んでいる人が多い。

そんな中、ひとりだけ悲しそうな顔をした女が目についた。

二十歳ぐらいかな？　若い人だ。なんとなく見覚えがある気がする。

昔会ったことがあるのだろうか？

——子どもの頃、夏の庭で。

降るような蟬《せみ》しぐれが脳裏に蘇《よみがえ》り、束の間、真夏の陽光の幻を視た。

思い出そうとすると、いつものように頭の中に壁が立ちふさがる。と、いうことは、僕はあの女の人と過去に会ったことがあるのだ。

追いかけようと思ったが、彼女は瞬《まばた》きする間に消えてしまった。

「知り合いがいたのかえ？」とお琴に訊ねられた。

「ええ、もしかすると……。でも僕、記憶がなくて……。ところで、ここは素敵な場所ですね。お琴さんも、こっちにいたらいいんじゃないですか？」

「アタシは業が深すぎて、土地に縛られちまったのさ。ここは好い場所だけど、あんまし長くいられないんだよ。……そうだ。ツク公に、宵坂家の男が早死にするのはアタシの仕業じゃないって、そう言っといとくれ！　思うに、早死にはアタシのせいで天から宵坂家に下された罰なんだ。稲荷神の力がなければ、とっくに血が絶えていたはずさ」

──天罰が存在するなんて、考えたこともなかった。

「さて、アタシは一足先に帰るとするかね。アタシがそばから離れると、おまいさんは、ちょいと大変な目に遭うかもしれないが、なぁに、ツク公も一緒だから平気だろうて。どうにもおっかなかったら、急いで橋を戻っちまえばいい。じゃあ、おさらばえ！」

お歯黒をした前歯を剝《む》き出しにしてお琴は僕にニカッと笑いかけると、煙のように掻《か》き消えた。

その直後に、不可思議な楽園のようだった風景が再び一気に変わった。

冬枯れの杜。本来の青山霊園のようすに戻ったのだとすぐに察しがついたが、それだけではなかった。

全身が真っ赤に焼けただれ、性別もわからなくなった人物が僕の横を通りすぎた。咄嗟《とっさ》に周囲を見渡すと、どんな事故に遭ったのかわからないが顔が崩れた者、四肢があらぬ方向に折れ曲がった者が目に飛び込んだ。

あちらの方を、舌を飛び出させて首が長く伸びた、縊死《いし》による屍《しかばね》が、咽喉《のど》に喰《く》い込んだロープを地べたに引き摺《ず》りながら歩いているかと思うと、首のない少年が自転車を漕いでこっちに走ってくるという具合で、

「どうした？　急に真っ青になって？　逐一ちゃんと通訳してくれないとダメだぞ！」

と、白に叱られたお陰で、かろうじて意識を失わずに済んだ。

「ウ、ウ、ウ……」

「う？　うだけじゃわからない」

「ウワァーッ！」

後から白に「脱兎《だっと》のごとくとの喩《たと》えを体現していた」と揶揄《やゆ》されたけれど、僕はピョンと跳び上がるや、死に物狂いで駆け出した。全速力で陸橋を渡って離青山の町へ帰り、宵坂家へ——イナリが作った結界の中へ飛び込んだのだった。

後で白にたっぷり怒られたのは言うまでもない。

蠱毒《こどく》の季節

1

朝食の後片づけをしていると「今年は桜の開花がちょっと早いらしいな」と白《つくも》がのんびりした口調で食卓から話しかけてきた。見ればスマホの画面を眺めている。

朝食後の白のいつもの習慣で、ニュースをチェックしているのだ。

「まだ三月中旬ですよ。もう開花宣言が出ましたか？」

「うん。東京は来週頭になる見込みだそうだ。あと五、六日だな」

空いた茶碗《ちゃわん》を運びながら留吉《とめきち》が言った。「うちの桜はまだまだですねぇ」

陽当《ひあ》たりが悪いせいだろうと僕は思った。

ここ宵坂《よいさか》家は三方をビルに囲まれている。

左隣は十二階建ての分譲マンション、後ろは六階建ての雑居ビル、そして右隣が白の叔母の紫乃《しの》が経営する十階建てのソワレ青山ビルで、一階ではテラス席のある《フラワーショップ&カフェ小庭《こにわ》》が、二階では紫乃の従兄がやっている《アサカワ理髪店》と、店主の嶋野真由歌《しまのまゆか》が無事に退院して昨日オープンしたばかりの《きものどころ繭歌《まゆか》》が、それぞれ営業している。

三階から上は九階までがマンション、最上階は紫乃の住居だ。

「庭に桜があるのは良いですね。……そうだ。桜といえばイナリさんに《ヒガシヤ》の桜餅を買ってくるように頼まれてたんだ」

「シガシヤさんなら、よもぎ団子もとびきり美味しうございます！」

留吉が頬を上気させて言ったので、「じゃ、それも買おう。いいですよね？」とスポンサーの白に訊《たず》ねた。

答えがないので振り向くと、白は眉間に縦皺《たてじわ》を寄せてスマホの画面を睨《にら》んでいた。

「何か気がかりなニュースがありましたか？」

「うん。今月に入ってから私の母校の生徒があいついで五人も亡くなっているそうだ。それも、最初の二人はいっぺんにトラックに轢《ひ》かれたんだが、あとの三人は死因がバラバラで、五人全員がここ二週間以内に死んだ。つまり呪詛《じゅそ》っぽい。これはヤバいな！」

三月三日に二人が居眠り運転の大型トラックに轢かれて死亡。

その三日後、三月六日未明に一人が就寝中に自宅で起きた火事に巻き込まれて焼死。

さらに数日後の三月九日、一人が通学路の途中にある階段で足を滑らせて転落死。

そして最後の一人が昨日、十四日の早朝、学校の室内プールで遺体となって発見された。死因は溺死。

「うわぁ。そんなふうに五人も立てつづけに亡くなると、偶然だと思えなくなっちゃいますよねぇ。白さんが卒業された学校なんですか？」

「ああ。東永《とうえい》学園という中高一貫の私立男子校で、私の甥《おい》っ子モドキも通ってる。私は中学まで公立で通ったのは高等部だけだが、あの子は中学からね。『週刊聞風《ぶんふう》オンライン』によれば、今回亡くなった五人は中等部からの同級生で高校一年生だったとか……って、あっ！」

白は急に大きな声を出した。

「どうしたんですか？」

目を見開いたまま僕の方を向いて「あれと同じ学年じゃないか！」と言うと、スマホにメッセージを打ち込みはじめた。フリックしながらボソッとつぶやく。

「紅子《べにこ》が何か知っているかも……」

そこで僕は「紅子さんって？　白さんには甥子さんがいるんですか？」と留吉に話しかけた。

「いいえ、白さんが言ったとおりで〝甥っ子モドキ〟ですね。紅子さんは叔母上のひとり娘で、白さんの従姉です。だけど白さんとはきょうだいも同然に育ちやしたから、白さんにとっちゃあ、紅子さんの長男の泰雅《たいが》さんは甥御さんみてえなもんなんで。泰雅さんと姉の流伽《るか》さんは年子で、小さな時分にゃ、紅子さんに連れられて、よくこの家にも遊びに来てやした」

紅子は白の五歳上で、若い頃に結婚して西藤《さいとう》姓になり、今は東京の郊外に住んでいるそうだ。

「近頃は滅多にいらっしゃいません。お子さんたちも大きくなっちまったでしょうね」

留吉は切なそうに溜息《ためいき》を漏らした。永遠に十歳でいるというのは、どんな心地がするものだろう。流伽と泰雅を最後に見かけてから五、六年が経《た》つそうだ。

「それにしても！」と留吉が話題を変えた。「今朝のお膳も美味しうございました！」

「そう？　白さんが『ふつうのメシにしろ』って言うから、超庶民的にしたつもりだけど」

「とんでもねぇ！　豆腐の味噌《みそ》汁《しる》も青菜のオシタシも、あねえにうめえのは食べたことがありやせん。てまえは生きてたときより今の方が何倍も幸せです」

僕は宵坂琴《こと》の姿を思い浮かべた。留吉はお琴の使用人だったはずだ。

「留吉くんは、もう長いこと、お琴さんには会っていないの？」

「へえ。かれこれ二〇〇年以上も……。イナリさんが来るまでは奥さまに見つからないように隠れておりやしたし、イナリさんが来てからは奥さまの方が家に入れなくなりやしたから。でも喉もと過ぎれば熱さ忘れるってヤツで、近頃じゃあ、てまえが小せえとき飴《あめ》を買ってくださったとか頭を撫《な》でてくださったとか、奥さまについては良いことばかり思い出しやす。……へえ。奥さまはけっして悪いばっかしの御人《おひと》じゃなかったんで。だから、いつまでも怖がるのも申し訳ねえような気もいたしますが、結界に守られながら懐かしんでいるのが、小心者のてまえにはちょうどいいんでやしょう」

留吉は、この家の敷地から外に出られないのか、それとも出たくないのか、隣のソワレ青山ビルにすら行ったためしがないようだ。

「白さんは、ソワレ青山ビルで叔母上と暮らされていた時期があるんですよ。たった十二で身寄りを失くしちまったから。……でも、その時分にも、こっちにも、ちょくちょく来てましたけどね、白さん。ですから、てまえは、ちぃとも寂しいことはありゃしませんでしたよ」

——言葉とは裏腹に、その頃、留吉はとても寂しかったのだろうと僕は思った。

「よし！　台所が片付いた！　じゃあ、白さん、僕は買い物に行ってきま……」

すよ、と、言い終えないうちに固定電話が鳴った。

白さんが「チャット中！」と叫んだので、僕がダイニングキッチンに置いてある子機を取った。最近では白よりも僕が電話に出ることの方が多い。

「はい、宵坂です」と言う。

「叶井《かない》さん、おはよう。紫乃です。白くんどうしてる？」

「今スマホで誰かとチャットしてます。たぶん紅子さんかな？」

「ああ！ じゃあ、あのニュースを見たのね？ 東永学園の！」

「ええ、その件です。白さんと代わりましょうか？」

「ううん。叶井さんから伝えて。紅子とチャットしてるなら、もう聞いてるかもしれないけど、紅子、入院するのよ。それで今日からしばらくの間、流伽と泰雅をうちで預かることになって、ちょっと相談したいことがあるから、あとで電話ちょうだいって」

「はい、わかりました。……あっ、そうだ！ 紫乃さん、僕これからヒガシヤにお菓子を買いにいくんですけど、お孫さんたちが来るなら、皆さんの分も買ってきましょうか？」

「あら、白くんと違って気が利くこと！ ではお手数ですけど、桜餅と生菓子を二、三〇〇〇円ぶんくらい、立て替えて買ってきてくれるとありがたいわ。レシートを貰《もら》っててね」

子機を置くと、白がこちらを見て、「紅子たちのことか？」と僕に訊ねた。

「ええ。紅子さんが入院するので、紫乃さんが流伽さんと泰雅くんを預かることになったそうです。その件で相談があるみたいだから、紫乃さんに電話してあげてください」

「叶井くんが帰ってきたらヒガシヤの菓子折を持って隣に行くよ。買い物する約束をしたんだろ？ 聞こえてたよ。私の分も買ってきなさい。ヒガシヤの菓子は旨いんだ」

2

僕が買い物に行っている間に白は紫乃と電話で打ち合わせして、午後、流伽と泰雅が到着したら菓子折を持って行くことに決めていた。

「二人が着いたら叔母が電話で知らせてくれる。四時ぐらいになるようだ。紅子もこっちに来るのかと思ったが、二人だけで来させるんだと」

「何のご病気なんですか?」

「それが胃癌《いがん》なんだ。でも発見が早かったから腹腔《ふくこう》鏡《きょう》手術で済むそうだ」

「不幸中の幸いですね」

「……叶井くんは自分のことは思い出せないのに、そういうセリフはサラッと出るから興味深い。君の場合は不幸中の幸いというより記憶喪失が勿怪《もっけ》の幸いでストレスを回避してるんだろうな。しかしながら紅子の方は、それを言うなら、むしろ泣き面に蜂だ。二十年以上前から可愛がっていたオカメインコが先月末に急死して、冬だというのにムカデに噛《か》まれ、流伽が不登校で高校を留年するかもしれず、子育て方針を巡って夫婦喧嘩に離婚の危機! で、本来はエネルギッシュすぎて暑苦しい女が青菜に塩の弱り目に祟《たた》り目で癌が発覚! さらに泰雅も同級生連続死事件の影響だろうが、暗くなって口をきかないんだと」

僕は途中から情報が追えなくなって、呆気《あっけ》に取られた。

応えあぐねていると、白はイライラしたようすで「私の話を聞いていたかね？」と言った。

「これがどういうことかわからないか？　不幸が集中しすぎて不自然なんだよ！　つまり、田邑七穂《たむらななほ》先生なら『呪われているわ、たぶん！』と喜びそうなシチュエーションだ」

彼だって、いつもなら不謹慎をかえりみることなく瞳を輝かせて嬉《うれ》しそうにするところだと思ったが、身内に振りかかった災難であるせいか、ひどく浮かない表情だった。

「泰雅の学年はマスコミの取材攻勢を避けるため春休みまでの間は登校せず、リモート授業を受けるそうだ。連れ合いが仕事の鬼で留守がちだから、入院している間、情緒不安定な子どもたちを家で二人きりにしておくのがイヤだったんだろうな……」

祠《ほこら》に桜餅を供えようと思って庭に出ると、中からイナリが現れた。

その瞬間、祠の正面が水に滲《にじ》むようにボヤけたかと思うと、スーッと宙を飛んで僕の前に降り立ったのだ。

今日は胸もとにピンタックを寄せた淡い若草色のワンピースに白いロングカーディガンを重ねて、すっかり春らしい格好をしている。ふわりと降臨するや、真っ白なバレエシューズを履いた足で狭い庭を歩きまわりはじめた。……と、イナリが踏むそばから芝生が青々と元気になった。留吉が「まだまだ」と言っていた桜も、にわかに蕾《つぼみ》をつけはじめた。

「ありがとう。祠の戸口にお皿を置いておいて。私ね、ヒガシヤさんの季節の限定商品は見逃さないの。私が気に入っている限り、あの店には悪い虫が寄りつかないでしょう」

「悪い虫。ゴキブリやハエですか？」

「気持ち悪いこと言わないで。クレーマーやネットでわざと低評価する輩《やから》も害虫でしょ？まとめて防いであげてるの」

——もしかすると有名な高級菓子店の幾つかは、イナリの依怙《えこ》贔屓《ひいき》によって、ますます商売が繁盛しているのかもしれない。

「今日、泰雅と流伽が来るんだってね？」

「ええ。そうなんです。紅子さんが入院するので……」

「紅子より泰雅が重症よ。どれほど離れていても、ほんの少し意識を集中しただけで嗅ぎ分けられるほど、嫌な臭いをプンプンさせてる。泰雅がこっちに来るなら私は奥に引っ込んでるって、白に伝えてちょうだい。私が出ていると、泰雅はこの家に近づけないから」

「どういう意味ですか？　まるで泰雅くんが悪いものみたいに聞こえますが……」

「ええ、そうよ？　私は、この家に来ようとする邪悪なものを祓《はら》う神だから、本来なら現在の泰雅は撥《は》ねつけるべき。でもね、好《よ》くない流れを根本から断ち切るためには、人間に任せた方がいいときもある。それに、うっかりして白の親戚を減らしたくないし」

減らすというのは、殺すという意味だと悟り、僕はゾッとした。

あどけない少女の姿をしてはいても、イナリは根本的に人とは異なる存在なのだ。

「そうそう！　あの子がこの家に来ると、例の石が共鳴してまた活気づいてしまうかも。気になるようなら祠で預かってあげるから、持っていらっしゃい」

石をイナリに預けて家の中に戻ると、留吉が居間のソファであぐらをかいてテレビを観《み》ていた。

僕に気づくとこちらを向いて、「お帰りなさいやし！」と慌てて座り直す。

「いいんだよ。何を観ていたの？」

「テレビドラマの再放送です。てまえと似たり寄ったりの年頃の子が幾人も出てきて遊んだり寺小屋へ通ったりするんでやす。現世で命を失ってから、てまえの友だちは白さんだけみてえなもんだったんで、ちょいとうらやましくって」

「そうか、イナリさんが結界を張っているから、この家には幽霊も来れないもんね」

「へえ。てまえのおつむじゃよくわかんねぇんですが、てまえが特別にここにいられるのは、古くからいる神さまみてえなものと魂がほとんど合わさっちまったからだと、イナリさんや白さんから何度か教わりやした。自分でも知らねぇうちに〝習合〟したから、座敷童子《わらし》みてえなものになりかけてるんだろうって」

「座敷童子って子どもの神さま？　じゃあ、留吉くんは半分神さまなの？」

僕が言うと、留吉は照れて、ソファの上でモジモジした。

「それが妖怪だか神さまだか、てまえもよく知らないんでさ。どっちにしても、イナリさんと違って、てまえには凄《すご》い神通力があるわけじゃなし、頭も体も育つのをやめちまって、宵坂のうちの人たちは大人になっていくってぇのに、ひとりだけおいてけぼりでやす」

僕は留吉がかわいそうでたまらず、鼻の奥がツンとした。

「僕、なるべく長くここにいられるように頑張るよ。ずっと友だちでいようね！」

「勝手なことをぬかすな。君は私がクビと言ったら即、路頭に迷う立場だぞ？」

ここ数時間、二階の書斎に籠もっていた白が、パジャマのズボンに手を突っ込んでお尻を掻《か》きながらのこのこ登場した。

洗濯を任されるようになってわかったのだが、白はパジャマと下着のパンツ以外の洋服をあまり持っていないらしい。その代わりにパジャマだけは二十着以上持っている。外出するとき着物に着替えるのは、そういう趣味だからというばかりではなく、単に適切な洋服の持ち合わせがないためだと思う。

「頑張ると言ったな？　では、叔母が夕食の準備をするのを手伝ってやってくれ。さっき叔母から電話があって、『二人を迎えに行ったら、帰りがけに食材を買ってくるから、叶井さんに夕ご飯の支度を手伝ってもらえたら助かる』と言われたんだ」

僕は留吉のようすを横目で窺《うかが》った。再びテレビを見はじめたが、聞き耳を立てているのが見え見えだった。

紫乃は好い人だ。僕に料理だけさせて帰らせるとは思えない。愉《たの》しみにしている夕食にありつけず、ひとりぼっちで留守番する羽目になるのだから、留吉にとっては一大事だ。

僕は白に提案した。

「じゃあ、こっちに来てもらってみんなで食べませんか？」

白が目を剝《む》いた。

「留吉も一緒にか？　無茶なことを言うな。甥っ子たちには留吉の姿が見えないし、田邑七穂さんや叔母と違って、彼らはこの手のことに理解もないはずだ」

「いや、僕は、留吉くんと一緒に僕の部屋で食事しますよ。お身内の会食に、初対面の赤の他人が混ざるのも変な気がするし、それなら留吉くんも寂しくありませんから」

白も僕と同じことを考えたのかもしれない。留吉と目を合わせると微苦笑を浮かべた。

「それもそうだな。じゃあ、私はもう少し仕事を進めるとしよう。叶井くんと留吉は、ちょっとその辺を片づけておいてくれたまえ」

「はい。皆さんが来る前に綺麗《きれい》にしておきましょうね。……あっ、そうだ、泰雅くんについて、イナリさんから伝言がありました」

イナリから聞いたことを白に伝えると、彼は渋面を作って「うーん」と唸《うな》った。

「あのイナリがそこまで言ったか！　隣に棲《す》む宵坂琴を看過して蛇神憑《へびがみづ》きの阿内《あない》さんも赦《ゆる》しているイナリがねぇ……。彼女の期待どおり私たちに解決できればいいが……」

3

結局、僕の提案が通り、白の家に紫乃と流伽と泰雅に来てもらって食事をすることになった。紫乃が食材を詰め込んだエコバックを提げて来て、玄関できょうだいを僕に紹介してくれた。

「これが私の孫の流伽と泰雅。こちらは白さんのアシスタントの叶井晴翔《はると》さんよ」

「こんにちは。叶井です。初めまして」

一見して翳《かげ》のある子たちだった。僕は戸惑い、感情を表に出さないように努めた。

「こんにちは。西藤泰雅です」

暗い顔ながらも声を発したのは泰雅だけで、流伽にいたっては一瞬視線を投げてきただけでうつむいて口をきかない。長い髪が蒼白《そうはく》な頰にかぶさっていて、幽霊みたいだ。

——明るくしていれば素敵な子たちだと思うのに、もったいないな。

紫乃は六十代の今でもたいへん美しい人であるが、彼女の孫二人も容姿が優れていた。

すらりとした体つきに端正な目鼻立ち。身なりも非常に良い。

飾り気のない上質なカジュアルファッションで――たとえば泰雅の着ている薄手のセーターは質感から推してカシミアシルクだし、流伽が履いているローファーは一流ブランドの新品だ――裕福な家庭の子どもたちだと明らかにわかる。

だが、泰雅はどことなく目つきに険があって陰気な雰囲気を醸しだしており、流伽は打ち沈んだようすで肩を落としていて顔色が悪く、ちょっと痩せすぎている。

それでも二人並んで町を歩けば人目を惹《ひ》きそうな外見だし、ついでに言ったら、泰雅はまだ身長が伸びそうだが、すでに白より背が高い。流伽が白と同じくらいの背丈である。

これほど優れた素材を、こうも陰気な雰囲気に仕上げるのも難しかろう。

「とにかく上がって。白さんがリビングで待ってますから。すぐにお茶を出します。食事の支度をしている間、皆さん、くつろいでいてください」

まずは紫乃と料理の材料を台所に運び、彼女が考えたメニューを確認した。ホワイトシチューをメインにしようと思ったとのことで、ジャガイモや鶏の腿肉《ももにく》、野菜がいろいろあった。

「いいですね。冷蔵庫にちょうど菜の花があるから、シチューに添えると春らしくて洒落《しゃれ》た感じになります。スナップエンドウは軽くスチームして、サラダの方に使いましょう。アボガドは衣をつけてフライにしても美味しいですよ？」

「ちょっと、お任せしてもいいかしら」声をひそめて紫乃が言った。「あとで手伝うから、お茶を運びついでに三人のようすを見ておきたいの」

居間に行った孫たちと白がどんな会話をするのか、不安なのだ。

僕だって心配だ。なにしろ、あの白である。何を言いだすかわからないじゃないか。

「是非そうしてください。お茶の支度はそこにもうできてますから。今は紅茶だけにして、ヒガシヤのお菓子はデザートにしませんか？」

「………」

紫乃がじっと僕の顔を見つめたので、何かと思った。

「どうしました？」

彼女はフッと溜息を吐《つ》いて、僕の腕に軽く手を掛けた。

「なんて善い子なのかしらって。いえ、二十四歳の青年に〝子〟なんて失礼かもしれないけど、叶井さんを育てたご両親は、さぞかし立派な方々だったに違いないと前から感じてたの。それと比べると……いえ、元はと言えば私が紅子の育て方を間違ったのかしらね……」

泰雅と流伽のことを考えているのだと察せられた。

紫乃は悩まし気に、さらに深い溜息を漏らした。

「白くんだって、あんな性格でヘンテコだし、やっぱり私がいけないんだわ」

「いいえ」と僕は笑顔になった。そして、心の底から思っていることだが、「白さんは、ちょっとありえないぐらい優しい人ですよ！」と言った。

「そりゃあ強引なところはあるし風変りですけど、本当はとびきり心が広いんです。だから僕、ここにいるんですよ？　いくら記憶喪失でも、身許《みもと》が明らかで調理師の資格や自動車の免許証があるわけで、ここが嫌ならとっくに出て行ってますよ」

うっすらと涙を浮かべて紫乃はうなずいた。人差し指で目尻をぬぐい、泣き笑いの表情になって僕に応えた。

「わかってるわ。白くんが実は優しいってこと。一日中パジャマを着てる変人でもね」


さて、その白のパジャマだが、食卓で席に着いたときには昨夜から着ていたヨレヨレのやつから、洗いたてのパリッとしたやつに交換されていた。

僕はずっと台所にいたので、居間でどんな会話が交わされていたがわからない。

しかしながら、白に対する流伽と泰雅の態度は、玄関で会ったときよりも打ち解けていた。まさか、パジャマの効能だろうか。

「じゃあ泰雅と流伽も座って。食べようじゃないか」

白にうながされると、素直に従いながら、泰雅が小さな声で白に向かって「ごちそうになります」と言い、微《かす》かな笑みを浮かべさえしたのである。

流伽の方は、弟がそう言った後でぎこちなく白に会釈しただけだったけれど、目の前に並んだ料理の皿を見回す瞳の色が明るかった。

「……おいしそう」と蚊の鳴くような声でつぶやいた。

「では、僕はあちらでいただきますから、皆さんでどうぞごゆっくり」

「まあ！　叶井さんもご一緒に！」

「僕は白さんの単なるアシスタントですから、今日のところは……。いずれそのうち」

「あら、遠慮することないのに。でも、わかったわ。じゃあ、いただきましょう」

「おい！　なぜまた、ふつうじゃないものをこしらえるんだ？　これは何だ？」

「白くんたら、そういうこと言わないの！　それはアボガドのフライよ。美味しいのよ？」

「急進的すぎて私は不安だ！　つまり、ビールとアボガドは生《なま》に限るんだ！」

「白くん、あなた自分が保守的だと思ってるとしたら、それは勘違いだから。言うことなすこと全部ヘンだって自覚しなさい。……ねえ？　泰雅も流伽も呆《あき》れたでしょう？」

流伽は反応を示さず無表情のままだったが、泰雅は短く「いえ」と否定しながら目もとが笑っていた。

自分の部屋に行くと、留吉が座布団に正座して僕を待っていた。

「先に食べていてもよかったんだよ？」と僕が小声で言うと、「待っていたかったので」

と留吉も声をひそめて、にこやかに応えた。

僕も笑顔を返しながら、料理を並べた卓袱台《ちゃぶだい》の向かい側にあぐらをかいた。

「部屋が離れてるから大丈夫だとは思うけど、一応、小さな声で話そうね」

「あい。心得ておりやす」

「留吉くんも膝を崩したら？」

「へぇ。でも長年の習慣で、こっちの方が落ち着くんでさぁ」

「留吉くんの長年って、二〇〇年以上ってこと？　だけど、食べ物の好みは白さんの方が留吉くんよりずっと保守的だね」

「白さんは、小せぇうちに召しあがってた紫乃さんの手料理がお好きなんでしょう。白さんのお母上は、白さんが二つか三つのときに出ていっちまいやしたから」

——そういえば、以前、白がちらっと母親はずっと不倫していて父の葬式にも来なかったと話していたことを僕は思い出した。

この冬に紫乃のソワレ青山ビルの貸事務所で呪いの元凶になっていた円藤香耶《えんどうかや》と対決したときも、香耶が殺害した男と不倫関係にあったことを強く責めていた。母が浮気をして家庭をかえりみなかったことが、現在まで彼に影響を及ぼしているのは確実だ。

「紫乃さんは六十代だから、おそらく昭和風の家庭の献立だったんだろうね」

「芋の煮っころがしとか、でぇこんおろしと焼き魚、らいすかれぇ、はんばぁぐ、すぱげっちぃ。ごくたまぁに、こういう、しちゅうとかいう西洋風の煮物のたぐいでした」

「なるほど。だいたいわかった。どれも美味しいものだよね。僕も……」

食べたことがある、と言おうとした途端に頭に砂が詰まったように感じて凍りついた。

——思い出せそうで思い出せない。

僕は、両親や妹と、そういった家庭料理を食べて育ったはずだ。

それらの味を、僕は確実に憶えている。

ところが食卓の場景が頭に浮かばない。

きっと、あと一押しなのだ。

たとえばカーサ・セグレタで幽霊になった猪上昭壱《いのがみしょういち》に再会したときのように、家族の幽霊に会えば、五感の記憶を伴った一家団欒《だんらん》の記憶がたちまち蘇《よみがえ》るに違いない。

そして、そのとき僕は喪《うしな》ったものの大きさを実感して、悲しみに暮れてしまうだろう。

僕が悲しまず、心の平穏を保って暮らしているのは、妹や両親と過ごした日々をまるごと忘れているからに相違ない。

「叶井さん、どうしやした？　何か思い出しましたか？」

「……ううん。もう少しで思い出しそうな気がしたんだけど、ダメみたい」

「そうですか。……では、いただきやす」

留吉は、手を合わせると食卓に向かって礼をした。

食事しながら、声をひそめて会話した。

「泰雅くんと流伽さんは、ほとんど口をきかないんだ。前からそうだった？」

「いいえ。ちょくちょくこっちに来ていた時分は二人ともおしゃべりで活発なお子さんでした。また、泰雅さんはえらく賢くて、よく白さんの本を借りて読んでらっしゃって。流伽さんの方はピアノがお上手で、音楽を専門に学ぶ高校に進まれたんですよ」

「二人とも、とっても優秀なんだねぇ」

「へえ、皆さん優秀なんで。白さんもお小さい頃は神童と呼ばれてらしたし、白さんのお父上も学者でしたし、紫乃さんもでぇがくを卒業されておりやす。今、泰雅さんが通ってらして、昔は白さんも進まれた学校も、へえるのが難しいらしいです」

「東永学園だね。泰雅くんといえば、イナリさんが気がかりなことを言ってたんだ」

僕は、イナリから聞いたことを留吉にも話した。ひとしきり聴くと、留吉は深くうなずいた。

「イナリさんがそうおっしゃるなら、このまんま、成り行きに任せれば間違いねぇんで。昔、宵坂家の土地を分けてビルを建てることになったときも、白さんの父上が母上を連れていらしたときも、イナリさんは似たようなことを言っておりやした。その結果、叔母上は連れ合いを失くしてもここで暮らしていかれることになり、白さんも生まれてくれやした。イナリさんは、れっきとした神さまなんで、なんとなく千里眼が働くみてぇです」

「留吉くんは白さんが好きなんだね」

留吉は「そりゃあもう」と微笑んだ。

「宵坂家の人たちの中ではいっとう好きです！　このうちに生まれた赤子たちは最初はみんな、てまえの姿が視《み》えるんです。ヨチヨチ歩きの頃は。白さんのお父上も弟君も、そのまた先代もその前の方たちも、みぃんなてまえと仲良しでした。でも二つか三つで、てまえのことは視えなくなって、それどころかまるっきし思い出さなくなるのがいつものことでやした。だけど白さんは視えるまんまで、態度もちぃともお変わりにならねぇ。お小さい頃から、威張りんぼうなのは口だけです」

僕と留吉は声を殺して笑いあった。

4

食後のお茶を用意していると、紫乃に引き留められて、僕もみんなと一緒に今日買ってきた和菓子をご相伴にあずかることになった。評判の桜餅は餡《あん》の甘さと隠し味の塩気のバランスが絶妙で、とびきり美味しかった。

留吉には、よもぎ団子と一緒に後で持っていってあげるとしよう。

「さっき食事しながら、泰雅はこっちに滞在したらいいいんじゃないかって話していたんだけど、叶井さんはどう思う？」

紫乃に訊《き》かれて、僕は咄嗟《とっさ》に泰雅の顔色を窺った。泰雅自身が嫌そうにしていなければ、もちろん僕に異存はない。

「叶井くんには有無を言わせない」と白が言った。「私の家なんだから、私が決める」

「白くんたら、またそういうことを！　ごめんなさいね、叶井さん」

「いいえ。僕はもちろん歓迎しますよ！　泰雅くんさえ良かったら」

泰雅は僕の方に視線を向けた。こうして間近で見ると、虹彩《こうさい》の色素が薄くて色白なせいか、儚《はかな》げな風情がある。

今はもう青年になりかかって男らしい骨格が顔立ちに現れているけれど、二、三年前までは女の子のようだったに違いない。

「お祖母ちゃんのうちよりも、こっちの方がＷｉＦｉ環境がいいから……。勉強にパソコンを使うので……」

「そうなの、うちは私が事務所兼寝室として使ってる部屋にルーターが一台あるきりで、他の部屋はネットに繋《つな》がりづらいのよ。それに、流伽と私の女性チームと、こちらの家の男性チームに分かれた方が、流伽も泰雅も気兼ねなく過ごせるんじゃないかと考えたわけよ。だって、小さい頃ならともかく、二人ともお年頃ですもの」

たしかに、それはそうだ。

「二階の部屋が一部屋、余ってるからな」と白が述べた。

「上は三部屋あるのよね？　一部屋は叶井さんの部屋？」

「いえ、僕は一階の奥を使わせてもらってます」

「三つの部屋のうち、私が二つ使ってる。書斎兼寝室と書庫兼寝室だ」

「白くんのベッドが二つあるの？」

本当は書庫にあるのは留吉の寝床なのだが、白はすまして「私用のは、ね」と答えると、泰雅に向かってこう言った。

「もう一つの部屋にも来客用のが一台あるから、泰雅はそこを使うといい」

紫乃と流伽が皿洗いをしてくれると言うので、僕は二階の空き部屋を整えに行った。

なるほど、白い布を掛けたベッドが窓辺にある。隅の方の四角い物にも布が被さっていて、布を取り去ると、マホガニーのライティングビューローが現れた。

他にも白い布を掛けた家具や調度品が二、三あったが、どれにも薄く埃《ほこり》が積もっていた。

深緑色をしたベロアのカーテンは日焼けして畝のところが変色している。

そういえば、この家に僕が来てから五ヶ月ぐらいになるけれど、その間、来客が泊っていったためしがない。滅多に使わない部屋なのだ。

年季が入って美しいライティングビューローを拭いていると、デスク部分のコーナーにナイフか何かで小さく不格好に刻みつけられた「十」と「白」の二文字を見つけた。

　白は白のことだろう。ならば「十」は白の父親の名前かもしれない。十の方が白よりだいぶ前に彫られたようで、角が摩耗して黒ずんでいた。

「どう読むのかな？　ジュウ？」と独り言をつぶやいたら、いつのまにか階段を上がってきていた白が、戸口から顔を覗かせた。

「そのラクガキを見つけたか？　それは私と父の名前だ。十はヒサシと読むのだ」

「へえ。教えてもらわなくちゃ絶対に読めませんね」

「ちなみに祖父の名は百と書いてハゲムだった。その書き物机は、元々、祖父の持ち物だった。戦時中、地下室に放り込まれていたお陰で、奇跡的に空襲で焼けなかったんだ」

「もしかして、小庭《こにわ》にあるグランドピアノも宵坂家にあった物ですか？」

「いや、あのピアノは叔母の家にあったのを小庭に寄付したんだ。アンティーク風だが古い物ではない。さっき、叔母が流伽にあれで練習するよう勧めてたな」

「小庭で、ですか？」

「うん。開店前や閉店後や、休業日に。小庭には、もう話をつけたそうだよ」

「流伽さんは音楽学校に行っているんでしたっけ？　休んでしまってるとか……」

「なるようになるさ！　流伽も泰雅も、こっちでしばらくのんびりすればいい」

ところが、少なくとも泰雅は「のんびり」とは程遠いスケジュールをこなさなくてはならないことが、すぐに判明した。

平日の日中は学校のオンライン授業を受け、火曜と木曜の夜は学習塾、土曜は午前中は空手道場で午後からは英語教室。従って完全な休みは日曜日しかない。しかし——。

「これから予習復習と宿題をするので、遠慮します」

——日曜日だし、お天気がいいから買い物がてら一緒に散歩に行かないかと誘ってみたのだけれど、断られてしまった。

「じゃあ、お昼ご飯を隣のカフェに食べに行こうよ？　白さんも誘ってさ。紫乃さんと流伽さんにも声をかけてもいいし」

「………………」

気が進まないみたいだと思ったが、正午近くなると、僕は彼に再び声をかけた。

閉まったドアを軽くノックして、戸板越しに話しかけた。

「泰雅くん、日曜日ぐらい、ちょっと気分転換しよう？　僕もたまには食事づくりをサボりたい。紫乃さんのビルの一階に素敵なお店があるんだ。食事に行こうよ？」

「……流伽とお祖母ちゃんが来ると面倒だな」

思春期の頃の自分がどんな風だったか憶えていたらよかったのに、と僕は残念に思った。

「だったら二人には声を掛けないよ」

「おじさんは？」

「白さんには一応、相談しなくちゃ。だけど仕事が乗ってるみたいだから、どうかな？」

白は書斎でパソコンにかじりついて、猛烈な速さでキーボードを打っていた。

例によって例のごとく、昨夜から同じパジャマを着たままである。

「泰雅と出掛けるのか？　私はどこにも行かんぞ！」

振り向きもせずに言う。

「よくわかりましたね？」

「君の考えなどお見通しだ！　泰雅が来て初めての日曜日で、この陽気だからな」

「小庭でランチ食べてきます」

「チキンバーガーをテイクアウトして帰ってきてくれ」

再び泰雅の部屋の方に行くと、泰雅がドアを開けて出てくるところだった。

「聞こえた？　白さん行かないって。もう出られそうだね？」

僕は「じゃあ行こうか」と言おうとして、そのとき、開いたドアの向こう、例のライティングビューローの上に水色をした大きな蝶《ちょう》か蛾《が》の額が飾られていることに気づいた。

初めは絵かと思ったが違った。昆虫標本のようだ。

きちんと翅《はね》を展《ひろ》げて、ガラスの嵌《は》まった木枠のケースに収まっている。

非常に立派な個体で、横幅が十センチ以上ありそうだ。淡い水色の翅《はね》は真珠を思わせる光沢を帯びて薄く、小さな金色の丸い紋と優雅な燕尾《えんび》が付いている。毛深い胴体は雪のように白くて、櫛《くし》のような触覚と翅のへりが赤紫色をしていた。

「わあ！　綺麗だなぁ！　それ本物かい？　見せてもらってもいい？」

「どうぞ」と彼は額を大事そうな手つきで下ろすと、僕に手渡してくれた。

「蝶？　蛾？　昆虫標本だよね？」

「ええ。オオミズアオの標本です。蛾の一種ですよ」

「オオミズアオ。聞いたことがあるような気がする。もしかして自分で作ったの？」

「はい。たまたま完璧な雌の個体を見つけて、傷つけずに採れたので……」

「凄《すご》いなぁ。採ったんだ？　どこで？」

「長野県です。去年、ゴールデンウィークに軽井沢《かるいざわ》に行ったときに、別荘の近くで」

「そうなんだ。どうやって作るの？　あっ、ごめんね。いろいろ訊いちゃって」

「いえ。作り方は……展翅《てんし》したり乾燥させたり……話せば長くなります」

「ああ、うん、いいんだ。自分で作っただなんて本当に凄いって思っただけだから」

標本を泰雅に返して、彼がそれを元の場所にそっと置くのを見守った。本当に大切にしているようだと思った。宝物なのだろう。

それから、僕は彼を伴って外へ出た。庭を通り抜けるとき気になってイナリの祠《ほこら》を振り向いたが、シンと静まって何の気配もなかった。

そのとき、僕の横で泰雅が「猫が」とつぶやいた。

猫化したイナリがいるのかと思ったが、そうではなかった。

「いませんね」と彼は続けた。「いつもここに来ると白い猫と遊んでたんだけど、物心ついた頃からずっといたから、もう年寄りですよね。寿命で死んじゃったのかな？」

それはイナリに相違ない。

「ううん。まだ元気だよ。今日はどこかに遊びに行ってるんじゃないかな」

「野良猫なんですか？　てっきり、白おじさんが家の中で飼ってるのかと思ってました」

白おじさん。泰雅は白のことをそう呼ぶことにしたのか——

「いや、白さんに飼われているわけじゃないよ。ずっとこの家にいるみたいだから、野良でもないと思うけどね」

僕がそう言うと、泰雅は眩《まぶ》しそうに目を細めて庭をじっと眺めた。

狭くて日照時間が短いながらも、若々しい緑が萌《も》える春先の庭だ。

「いいな。自由で」

そのつぶやきを聞いて僕は切なくなり、「泰雅くんはもっと遊んでもいいと思うよ？」と言ってみたけれど、返事がなかった。

小庭に行くと、店長の寿々木響子《すずききょうこ》が出迎えてくれた。ルーシーと副店長の矢満田未悠《やまだみゆう》の姿も見える。席は店全体で八割方埋まっていて、テラス席は満席だった。

「奥の方のお席になっちゃうけど、いい？」

「問題ないですよ。そうだ。こちらは西藤泰雅くん。宵坂紫乃さんのお孫さんの……」

「ああ！」と響子は目を大きく見開いて泰雅を見つめた。

「流伽ちゃんの弟さん！　流伽ちゃん、そこのピアノで練習してるのよ。最初に挨拶にいらして、それからずっと毎日朝晩。物凄く上手だから、リサイタルしようって勧めてるの！」

そう聞くと「え？」と泰雅が軽く驚いた顔になった。

「人前で弾けてるんだ……」

すると、今度は響子が不思議そうな表情で「うん？」と泰雅に問い返した。

「人前といえば人前かな？　私たちスタッフが聴いているだけだけど」

案内されたテーブルに着くと、果たして、ピアノのすぐ近くだった。紫乃が紅子のために買い、今は流伽が練習しているアンティーク調のピアノである。以前ここに来たときは蓋を閉めて上に生花を飾っていたが、花は取り払われて、蓋が開き、そこはかとなく楽器としての生気を取り戻したかのように思えた。

「そうだ！　うちの矢満田が叶井さんに相談したいことがあるんだって。あとでテーブルに来させてもいい？　お時間は取らせないから」

「もちろんです。あの、注文いいですか？」

「ハイ、どうぞ！」

「泰雅くんはチキンカレーとチキンバーガー、どっちにする？　カレー？　じゃ、ランチのAセットを二つお願いします。あと、後でチキンバーガーを一人前、テイクアウトしたいんですけど」

「白さんが食べるのなら、今から届けさせるわよ」

「いいんですか？　そうしてもらえると助かります！」

「叶井さんが来る前は、よく白さんに出前してたのよ」

響子がテーブルから離れていくと、泰雅がポツリと言った。

「流伽は、しばらく前から、誰もいないところでしか弾けなくなってたんです」

「そうなんだ。何かあったのかな？」

「よくわからないけど……自信を失くしてしまったみたいで……ピアノが巧《うま》い子ばかりいる学校に入ったせいかな……」

音楽を専門に学ばせる高校なのだから、それは当然のことだった。

僕は、またしても脳味噌《のうみそ》の真ん中に分厚い壁が立ちふさがるのを覚えた。

「僕は、全生活史健忘や自分史喪失というんだけど一種の記憶喪失に罹《かか》っていて、調理の専門学校に行って調理師の免許を取ったはずなんだけど、学生時代の記憶がない。ところが、なぜか、料理の知識や調理の技術は憶えてるんだよね」

「自分のことを忘れてしまったんですか？　家族の顔や子どもの頃の出来事とかも？」

会話の糸口を見つけることに成功したようだ。僕はうなずいた。

「うん。まるきり忘れてしまった。だから憶えてるわけじゃないんだけど、僕が学校で料理を習っていたとき、きっと僕より上手な生徒が他にいたはずだと思うんだ。専門学校ってそういうところでしょ？　音楽学校も同じことじゃないかな？」

泰雅は少しばかり不満そうに口を尖《とが》らせた。

「それは、ふつうの高校でも同じですよ。成績が良いのもいれば、悪いのもいる」

「だろうね。それで、人と自分を比べて自信喪失しちゃうこともあるかもしれない」

「………」

「でもさ、もしも今、泰雅くんが自分の歴史を全部忘れてしまっても、もしかしたら僕みたいに、たくわえた知識は保ってるんじゃない？　流伽さんも、小さい頃からの出来事をみんな忘れても、ピアノは弾けるんじゃないかな？　何かの知識とかテクニックって、誰かと比較する必要のない、自分だけの本物の財産だと思うんだ。だから、いちばん肝心なのは、そういう宝物を手に入れることで、他人と比べられても『ふうん。そうなんだ』って思うだけでいいのかもしれないよ？　……教習所に行った記憶を失くしているのに、僕、車の運転もできたんだよね。いきなり白さんの車を運転させられたときには怖かったなぁ。なんだか古くて大切そうな自動車だから、傷つけたらどうしようって不安になったよ」

「あの青いスカイライン？」と泰雅は笑顔になった。

――笑ったほうがずっといい。こうしてみると、やはり、なかなかハンサムな少年だ。

「そう！　あれに乗せてもらったことある？」

「はい。小一か小二の頃、白おじさんに遊園地に連れてってもらったんですけど、ジェットコースターよりも、むしろおじさんの運転の方がスリル満点で……で、流伽が泣きだしたら、おじさんが『やめた！　もう運転しない！』ってブチキレちゃって大変でした」

「わぁ、最悪！　で、どうなったの？」

「しょうがないから、お祖母ちゃんに迎えに来てもらいました」

だいぶ打ち解けた雰囲気になったところへ、ランチセットが運ばれてきた。

寿々木響子ではなくルーシーが持ってきて、料理をテーブルに並べてくれた。

「叶井さん、《きものどころ繭歌》には、もう行きましたか？」とルーシーは僕に訊ねた。

「まだです。でも、動画で見ました。繁盛してるようで、嶋野さんもお元気そうでした」

「それが、嶋野さんは世間に対してはそう見せてるんですけど、何しろ大怪我だったから、実はふだんは杖《つえ》をついてるし、腕が思ったように動かないとか膝が痛むとか、今でも後遺症があるみたい。でも、そのお陰で、体が多少不自由な人やお年寄りでもできる、簡単な着物の着つけ方法を編み出したって言って、週一で着つけ教室を開いてます」

――白が聞いたら、また「転んでもただでは起きない」などと言いだしそうである。

「授業料もそんなに高くないから、私もこないだ見学して、今、入会検討中です。叶井さんもいかがですか？　宵坂先生とお揃《そろ》いでお着物を着たらいいんじゃありませんか？」

「えっ、僕？　僕なんかより、お母さんやこちらの店長さんたちや……そうだ！　流伽さんを誘ってみたら？　彼女ならルーシーさんと歳《とし》も近いし」

「じゃあ、声を掛けてみます！　そうだ。流伽さんにここでピアノリサイタルをやってほしいって店長たちが話してるんですけど、そのとき着物を着たら素敵ですよね」

咄嗟に流伽が着物を着たところを想像して、呪いの日本人形みたいになりそうだと思ってしまったけれど、彼女が小庭のみんなに好かれているようなのは幸いだ。

それから僕と泰雅は、チキンカレーとサラダのセットを平らげた。

「デザートも注文しよう。ここのスイーツはどれも美味しいよ」

僕がこう勧めているときに、ちょうどタイミングよく副店長の矢満田未悠がやってきた。

小庭は、寿々木響子が植物担当で、未悠がカフェ担当なのだ。

「ありがとう！」と未悠はニカッと真っ白な歯を見せて僕に笑いかけた。

寿々木響子も矢満田未悠も、どこか中性的な雰囲気の女性だが、どちらかといえば未悠の方が男性的で、快活な美青年のイメージを纏《まと》っている。

「店長から聞いてると思うけど、叶井さんにちょっと相談が！」

「ハイ！　なんでしょう？」

「あのね、お気づきのとおり、うちはフードメニューは鶏肉のランチ二種類だけでやってきました」

「ですよね！　どうして鶏ばかりなんだろうって、白さんが」

「それはやっぱり、まとめ買いするとお得だし、チキンはヘルシーだから。でも前々からフードメニューを増やしてほしいと言われていて、いつかは手をつけなきゃいけないと考えてた矢先に、叶井さんが現れたわけです。紫乃さんから評判はうかがってます。一緒にメニューを考えていただけませんか？　できればヘルシーで、少し個性的な感じで。もちろんタダでとは申しません」

僕にとっても嬉しい申し出だった。白の反応が予想できないけれど、ダメとは言われないような気がした。明日、あらためて話を聞きにくると未悠に約束して、泰雅と一緒にデザートをゆっくり味わいながら食べた。

小庭は間口が広く、壁の一部がガラスになっているため、店の奥の方まで陽の光が差し込んでくる。店先に伊豆《いず》かどこかから入荷したと思しき大きな桜の花枝が飾られていて、通行人の注目を集めていた。陽射しに花弁《はなびら》を白く透かしたソメイヨシノの向こうで、街路樹のプラタナスが芽吹いて間もない緑の葉を風にそよがせている。

僕はやっぱり散歩したくなってきて、泰雅を誘った。

泰雅は少し迷ってから残念そうに「勉強しなくちゃいけないから」と断った。

「わかった。じゃあ、先に帰ってて。白さんには、僕はついでに夕食の買い物をしに行ったと伝えて。三十分ぐらいで帰るよ」

ここに来る前とでは比べ物にならないぐらい和らいだ顔で、泰雅は応えた。

「わかりました。叶井さん、ごちそうさまでした。いってらっしゃい！」

5

午後三時頃に帰宅すると、留吉が玄関に来て袖を引き、奥の間の方を指差した。

「なんだい？　話があるの？」と声をひそめて訊ねると、ウンウンとうなずく。留吉にしては珍しく、心なしか顔が青ざめている。

留守中に、何か深刻な事態が発生したもようだ。僕の部屋へ連れていって襖《ふすま》を閉めた。

「どうしたの？　とりあえず座りなよ」

そう促すと留吉は座ったけれど、なかなか口を開かなかった。黙って座布団の房をつまんで捏《こ》ねくりまわしているばっかりで。

「そんなことしたら房が取れちゃうよ。いったい何なの？」

重ねて訊くと、意を決したように唾をゴクリと飲み下して、こう述べた。

「泰雅さんの部屋で、おっかねぇもんを見つけちまったんで」

僕はオオミズアオの標本を思い浮かべた。

「それって、蛾の昆虫標本のこと？　大きいし、たしかに見ようによっちゃ怖いよねぇ」

「いや、てまえがおっかないと思ったのは別のもんなんでさぁ」

——僕と泰雅が出掛けた後、留吉はすっかり手持無沙汰になってしまったそうだ。

白は原稿に掛かりきりで、部屋のドアを開けただけで「後にしろ！」と怒鳴る。イナリは祠から出てこない。掃除は僕が済ませてしまったし、洗濯物はまだ乾いていなかった。テレビでも面白そうな番組をやっておらず、そこで、いけないことだと承知しつつも、好奇心と出来心から、泰雅の部屋に忍び込んでみたのだった。

この部屋は、留吉が夜になると寝ている書庫の隣だ。

そのため彼は、泰雅が夜遅くまで起きていることに気づいていたという。

隣の部屋から、ゴトッと大きな硬い物を床に置くような音がしたときが、三、四回もあった。そのたびに「どうしやした？」と訊きに行きたくなったものだ。

行ったって、泰雅には彼の姿は視えず、声も聞こえないのだが、何が起きたのか知りたくて、蒲団《ふとん》の中で焦《じ》れてしょうがなかったという。

——泰雅さんは、夜の夜中にいってぇ何をしてんだろう？

ああいう具合にゴトッと音を立てそうなものは何かしら？

漬物石。火鉢。……どっちも違う気がする。

客間に入ってみると、真っ先に目に飛び込んできたのは、巨大な蛾の標本だった。綺麗だったけれど、昔はこの辺りでもよく見かけた種類だから、そんなにめずらかな物だとは思わなかった。生きている人間の子どもだった頃に捕まえたこともある。

ゴトッといったのは、あんなものじゃない。

もっと重い物だ。

ベッドの下からボストンバッグの把手《とって》が覗《のぞ》いていた。引きずりだしてみると、ずいぶん重たい。この中にありそうだと直感した。

床の空いたところまでズルズル引っ張ってきてジッパーを開けると、饐《す》えた臭いが鼻を衝《つ》いた。

ゴキブリが、ちょうどこんな悪臭を放っている。腐葉土にも似ている。

そう、落ち葉が雨に濡《ぬ》れて、やがて発酵し、さまざまな微生物により分解されて森の土となる。そこは蟲《むし》たちの王国だ。耳を澄ませば汚泥に蠢《うごめ》く彼らの囁《ささや》きが聴こえるだろう。

――シャクシャクシャクシャク――

ごく微《かす》かではあるが、本当に音まですする。

何だろう？　と、バッグの中を見ると、ひと抱えもありそうな巨大なガラスの容器が出てきた。

白さんの叔母上が、お手製の梅酒を持ってきてくれたことが何度かある。これよりもひと回り小さい似たような容器に入っていたっけ……。ただし、あれには密閉できる蓋がついていたが、こっちは代わりに目の細かな金属製の網が口に取り付けられている。

上からでは中がよく見えない。そこで彼は容器を目の高さまで持ちあげた。

「やめときゃいいのに、うっかり明るいところで横から覗き込んじまった」

——瓶の底におがくずのようなものが二センチばかり堆積していて、その上に、油を塗ったように艶やかな、見たこともないほど巨大なムカデがのたくっていて——。

「おまけに、下にあるのはおがくずじゃありませんでした！　全部、肢や頭や何か、虫の屍骸《しがい》の破片だったんで！　屍骸が古いの新しいの、よく見りゃまだピクピク動いてるのまで無数に入り混じって、容《い》れもんの底にギッシリ積もっていやした！」

——留吉は、たまぎるような悲鳴をあげて、容器を放り出してしまった。

ゴトン！　と大きな音が立ち、中で巨大なムカデがぐにゃぐにゃと暴れだした。よくよく見ると肢《あし》が何本か欠けており、そのせいで余計に不気味だ。

「留吉か？　どうした？　泰雅くんの部屋で悪戯しちゃいかんぞ！」

騒ぎを聞きつけて白がやってきて、腰を抜かしている留吉と怪しいガラス容器を交互に見た。そして冷静に容器を観察すると、こう述べたのだという。

「ふむ。コドクだな」

さらに白は、ボストンバッグの中を探って、ゴキブリやシデムシなど肉食または雑食性の虫が何匹も入った別の小さな容器も見つけた。

おぞましいことに、そこでは虫たちが互いを喰《く》い合っていた。

「白さんは、てまえに虫の容れもんをすっかり元通りにさせまして、それから書斎のぱそこんでコドクの動画を探しはじめたんです」

「コドクって何？」

「へえ。てまえも白さんから聞いたばっかしですが、生き物をひとところに閉じ込めて餌をやらねえでおくと、じきに飢えて共喰いしはじめやす。そんでもって、最後に一匹だけ残った、いちばんつええヤツを呪いに使うんだそうです」

他の生き物をすべて喰い殺した最後の一匹は生きる力が強い上に、それによって命を奪われたものたちの無念や恨みを背負っている——

「そいつがコドクになりやす。あとは白さんから聞いてください。てまえは、そっから先は聞いちゃいられやせんでした。……小せえ虫になって、他の強そうな虫たちと一緒に狭い容れもんに閉じ込められたところを想像しちまったら、もうおっかなくておっかなくて！　いくらなんでもそんなかわいそうな、悲しいことってないでしょう？」

そんな世界では鬼になるしかない。さもなければ、生きたまま喰われてしまうから。

「飢えるのも、おっかねぇことです。てまえは大昔に飢えたことがごぜえやす。てまえの妹は数え二つで干からびて死んじまいやした。てまえは売られて助かりやした」

そのときはご飯にありつけた。それから数年の後、この場所で宵坂琴《こと》に斬り殺されてしまったのだが……。思えば留吉の人生は不幸続きだ。

「なんで泰雅さんは、こんな殺生なことをなすったんでしょう？　金持ちのおぼっちゃんで、賢くて、ふた親も揃っておりやす。叔母上や白さんからも大事にされて、まんまるお月さんみてえに欠けるところのねえ境遇で、いってえ何の不満が？」

「泰雅くんがそんなものを作った理由は、僕にも見当がつかないけど……。白さんは、なんて言ってたの？」

「白さんは、泰雅さんがちゃんねるってヤツを持っているんじゃないかと推理してやした。ボストンバッグの中には、虫の他に白と銀とで表裏になった板やガラスでこさえたどーなっつみてぇな物や何かも入ってたんで。どーなっつは『りんぐらいと』で板は『れふばん』と白さんはおっしゃっておりやした。れふばんって、叶井さんはご存知ですか？　そいつぁ三つ折りになってて、広げると半畳ぐれえありそうでした」

「レフ板かな？　写真や何かの撮影に使うんだ。なるほど、白さんはそれを見て、泰雅くんが動画配信のチャンネルを持ってるんじゃないかと思ったんだね」

「白さんはケロッとしてやしたが、てまえはダメで。もう、泰雅さんの隣の部屋で寝るのが嫌で嫌でたまらねぇ。弱っちまいました」

そう言って上目遣いに僕の顔をじっと見るので、ハハアと思い、

「僕の部屋に好きなだけいたらいいよ」と言ってあげると、とても安心した表情になった。よほど困っていたのだろう。「ありがとうございやす！」と勢いよく頭を下げる。

「いいって。僕も留吉くんと一緒だと楽しいもの。じゃ、白さんとこの件で話してくるね」

書斎に行くと、白がパソコンの前から振り返って僕を手招きした。

声を出さずに画面を指差す。

嶋野真由歌や田邑七穂も配信番組を持っている有名な動画共有プラットフォームが、画像を表示していた。

翅をたたんだ水色の蛾。オオミズアオだ。

白が動画再生ボタンを押すと、画像が動きはじめた。

蛾はすでに死んでいるように見えたが、色白な若い男の手が注射器を画面の中央にかざすと同時に、画面の下の方にこんなテロップが流れた。

《瀕死《ひんし》のオオミズアオです。胸を押して弱らせてありますが、これからアンモニア溶液を注射して殺します。翅を汚さないよう、慎重に胸部に針を刺してください》

この発信者は、あえて音を消している。動画のみで音声は流れず、作業の進行に合わせて、次々にテロップが入れ替わる。

《二度に分けて脱脂を行います。アセトンにまるごと五分漬けたら展翅しながら乾燥させ、乾燥しかけたところで腹を切り落として、腹部のみさらに一日かけて脱脂します》

白は動画を先に飛ばした。僕は、あまりの残酷さに胸が悪くなっていたのでホッとした。終わりの方だけ再生したのを見せられたが、すでに標本はほぼ完成していて、背景に見覚えのある木製のケースが映っていた。

《注文しておいたシーラケースが届きました。UVカット加工ガラスを使ったドイツ製の高級標本箱です。今年のお年玉を全部つかってしまいました（汗）》

見れば、このチャンネルの名称と作成者のハンドルネームは共に《標本少年》で、このことや「お年玉」という発言は、作成者が未成年であることを示唆していた。

白が手もとにあったメモ用紙に「泰雅だ」と素早く書いて、無言で僕に見せた。続けて、「今、部屋にいる。聞かれたくないから庭に行こう」と書き、パソコンの電源を落として立ち上がった。

パジャマにガウンを引っ掛けた格好のまま、サンダルを履いて玄関からスタスタ出ていくのを追いかけて、祠の前で「白さん！」と呼びとめた。

「どうやって、あの動画を見つけたんですか？」

「オカメインコ。ムカデ。オオミズアオ」

「ハア？　それだけじゃわかりません」

「蠱毒。レフ板とリングライト。五人連続死。イナリの言葉。……いかに叶井くんがボンヤリさんでも、これだけ条件が揃えば充分だろ？　つまり私は、オオミズアオ・昆虫標本・ムカデ・蠱毒で、動画共有プラットフォームをキーワード検索したのだ」

「まだピンときません。ところでコドクってどんな字ですか？」

「皿の上に虫が三匹乗ってるのが蠱。毒は毒薬の毒だ。後で辞書を引きなさい。ともかくだ、紅子は、飼っていたオカメインコが先月末に急死し、季節外れのムカデに咬《か》まれた。そして今月、泰雅の同級生連続死事件が始まったわけだよ。さあ、もう誰が何をやって今の事態を招いたのか、全部わかったね？」

「…………」

「まだわかんないのか！　度し難いな！　その調子だと、ひょっとして、さっきの動画の投稿日も確認していなかったんじゃないか？」

「……気持ち悪くて正視できませんでしたから。思い出しただけで吐き気がします」

「バカタレ。君の気分なんかどうでもいい。ちなみに投稿日は去年の六月十日だ。昆虫標本の作り方についてザッと調べてみたのだが、大型の蛾や蝶は展翅板に留めた状態で三週間ほど乾燥させる必要があるそうだ。展翅するまでの作業工程も多いし、あれは数回に分けて動画を撮影して、きちんと編集している。逆算すると、だいたいゴールデンウィーク頃にオオミズアオを採ったことにならないか？」

「……泰雅くんはゴールデンウィークに軽井沢の別荘の近くで捕まえたと言ってました」

「西藤家の別荘だな。紅子の夫の西藤峯尾《みねお》は紅子より十歳年上で、経営士で中小企業診断士で経営コンサルタント会社の代表で投資家として講演活動も行っている。常にジムで鍛えているらしく、スーツの胸を大胸筋で膨らましている。私とは正反対のタイプだな」

「ですね」と僕は白のパジャマを眺めてうなずいた。今日は、というか昨日の夜から着ているのは、ピンクの地に紫色をした八本足のタコが全面に描かれているという、とびきり悪趣味な一品だ。おまけに、このところ締切に追われていたせいか顔は蒼白《あおじろ》く、天然パーマの髪の毛はいつにも増してもつれあってモジャモジャだ。

「招かれたことはないが、軽井沢の別荘については紅子や叔母から聞いて知ってるよ。泰雅たちが三つかそこらの頃に峯尾さんが買ったようだ。泰雅は、物心ついたときから別荘の周りで虫採りしてたのかもしれんな。叶井くんは苦手なようだが、昆虫標本づくりは高尚な趣味だと思うぞ？　昆虫分類学には標本が欠かせない。作るには繊細なテクニックが必要だし、採集するために虫の行動を学ばねばならん」

　そこで白はイナリの祠に目をやった。あれからイナリは出てくる兆しもないが、僕がお供え物をすると、毎回ちゃんと食べてくれるから、中に籠もっているのだとわかる。

「つまり、だからこそ、蠱毒なんかに手を出してはいけなかったのだ！　虫への愛を育みつつ研究者的な視点を保って採集と標本づくりに励んでいるだけでは、蠱毒なんて思いつきもしなかったはずだ。東永学園で、よほどのことがあったのか……」

「よほどのこと？　泰雅くんに何かあったってことですか？」

「わからない。東永学園で、泰雅と亡くなった五人との間に何があったのか。そこのところを阿内《あない》さんに調べてもらう。もう依頼した」

6

阿内三言《みこと》は、この調査には最低でも一週間を要すると述べたそうだ。

三言が調査結果を持ってくる前に、泰雅に蠱毒を止めさせた方が話が早いと僕は思った。でも白は、泰雅と直接対決するのは避けるべきだと主張した。

「そもそも本当に蠱毒を使って呪い殺したと決まったわけじゃないんだからな？　無実の罪で責めたてたら泰雅がかわいそうじゃないか？　純真無垢《むく》な十六歳だぞ！」

「純真無垢なら、虫も殺さない顔で虫を殺しません。彼は殺しまくりです」と僕は応えた。

白はあからさまに動揺して紅茶のカップを倒した。泰雅は塾に行っている。僕たちは居間にいて紅茶を飲んでいた。夜の八時で、すでに留吉は僕の部屋で蒲団に入っている。

「あーあ、こぼしちゃって。布巾を取ってきます」

台所へ向かう僕の背中を、白の声が追いかけてきた。

「そんじょそこらのシロウトが真似をしてみたところで、蠱毒ができるわけがない！」

布巾を手に戻りながら、僕は指摘した。「でも五人連続で死んでるし、泰雅くんが疑わしいから阿内さんに調査してもらうんでしょう？」

「……そうなんだよなぁ。紅子の病気は偶然かもしれないが、タイミングからして彼女のオカメインコは、泰雅が蠱毒を食べさせる実験をした結果、死んだんじゃないかな？」

「ムカデはどうです？　紅子さんが咬まれたんでしょう？」

「単にうっかり逃がしてしまったんだろう。ムカデは屋内なら冬でも活動するそうだ。ウジャウジャ飼っていれば、たまにはミスすることもある。蠱毒モドキをやるには数が必要だろう？　ゴキブリは繁華街のゴミ置き場へ行けばいくらでも集められるが、雑魚《ざこ》ばっかりじゃ面白くない。やっぱりオオムカデが最強だ。なにしろオオムカデは野ネズミやトカゲも捕食すると言われてるからな。しかし、いっぺんに何匹も見つけられるかな？　たとえば一〇〇匹ぐらい欲しいとなったら、ネット通販や専門店で購入してしまった方が手っ取り早い」

「一匹一〇〇〇円だとしても一〇〇匹で十万円。お年玉どころか貯金が吹っ飛びます」

「だな。もっとも、《標本少年》の動画を全部チェックしたんだが、今も生き延びている一匹は、別荘のそばで最初に捕まえたヤツのようだ。市販のものより野生の個体の方が強かったんだな。それにゴキブリの方が、はるかに多く映っていた。あんなのが本物の蠱毒なわけがない。つまり、蠱毒モドキだ！　しょせん子どものゴッコ遊び……のはずだったんだ」

白は何回も繰り返し《標本少年》を見ているようだった。

彼によると、《標本少年》の動画投稿は去年の六月から始まって、全部で十五本あり、最後に更新された十五本目は今年の三月五日に公開されていた。

最初のうちはオオミズアオの標本づくりと同じような昆虫標本のテクニックを紹介する内容で、オオムカデが登場するのが去年の八月。

「夏休み中から蠱毒モドキを始めたんじゃないかと思う。ひとつ思い当たることがある」

去年の七月中旬、日帰りで一度だけ、紅子が子どもたちを連れて、紫乃を訪ねてきたのだという。

「東京では、八月ではなく、新暦の七月十五日前後の土日にお盆を行う家が多い。青山霊園で墓参りするついでだから、この時期の紅子たちの来訪は毎年恒例なのさ。峯尾さんは来たり来なかったりだし、近頃は子どもたちの習い事があるから日帰りで、こっちには顔を出さないし、私もわざわざ会いに行かないときもあるがね。去年も、顔を合わさないうちに帰ってしまった。でも、紅子たちが帰る直前に叔母が電話で『こないだ借りた本を泰雅に貸してもいい？』と訊ねてきたんだ。ささいなことだから、すっかり忘れてたよ」

それは、とある高名な文化人類学者が著したベストセラーだった。テーマは日本における呪術全般。当然、蠱毒についても書かれていた。

「たぶん泰雅はその本で蠱毒について知った。そして、叔母からそれを借りた翌月、彼はたまたま別荘の近くでオオムカデを捕まえたのかもしれん。折しも夏休みだ。夏休みの自由研究や科学の実験のような感覚で試してみたんじゃないか？」

蠱毒の実験を投稿しはじめてから《標本少年》の動画の再生回数が急に跳ねあがる。

「初期の昆虫標本ハウツーの再生回数は二、三回だった。それが蠱毒モドキが始まった九月以降は三〇〇回超だ。たぶん夏休み明けに泰雅自身がクラスメートに打ち明けるなどして、東永学園の生徒たちがこぞって《標本少年》を見はじめたのだと私は推察している」

「呪いをバラしますか？　ふつう内緒でやるものでは？」

「本気ならね！　今どき真面目に呪詛をかけようなんてのはイカレた連中で、泰雅はそうじゃない。私よりずっと常識をわきまえている」

「それは、そうには違いありません」

「……待て。まるで私が非常識みたいじゃないか！」

そこで怒られても。理不尽だ。

「まあ、いい。つまり、こういうことだ！　たとえば誰しも、理不尽な攻撃を受けたら悔しいし腹が立つだろう？　だが、相手との力の差が大きかったり、多勢に無勢だったりして、やられっぱなしになる場合も多い。ストレートにやりかえせない場合、どうするか？　泰雅は十五歳なりに知恵を絞って、彼らがビビりそうなものを作って見せることを思いついた。そして他の生徒たちにも口コミで広めた」

「彼らって、死んだ五人のことですか？」

「そうと決まったわけじゃなく、《標本少年》が蠱毒モドキで呪っている連中イコール泰雅に恨まれるようなことをした者たちと仮定した場合の話だ。そんなヤツらが《標本少年》を知ったら『今どき呪いなんて』とバカにしながら怖い物見たさで見ちゃうだろうな。《標本少年》は最初からコメント欄を閉じているから視聴者の意見はわからないが、チャンネル主が泰雅だと気づいた生徒の中には、泰雅たちのトラブルをうすうす知ってる子たちもいたかもしれない。みんな面白半分、興味本位で見ていたんだろう」

去年の夏。彼らは十五歳だった。少年たちは、それぞれの端末で、あるいは仲間と集まって、蠱が喰い合う残虐な情景を見つめた――。

「生き物が殺し合って死屍累々《ししるいるい》となる惨劇を、子どもたちは神の視点で眺めて愉しんだのだ。泰雅も愉悦を覚えていたはずだ。そうじゃなきゃ続かない！　けれども、去年の夏から今年三月までは呪いが発動しなかったし、たぶん誰も呪《かしり》の結実《けつじつ》を信じていなかった」

――しかし今月から急に五人の同級生が死にはじめた。

「二月二十八日に《標本少年》はムカデの肢を何本かちぎってオカメインコに食べさせる動画を投稿している。オカメインコが死ぬ瞬間は映っていなかったが、ムカデの肢をついばむ場面はあり、次に映ったのは、靴の空き箱の中に花に囲まれて眠るその亡骸《なきがら》だった」

そこにこんなテロップが被さる。

《恨みをこめて最凶のムカデを食べさせました。尊い犠牲です。蠱毒は本物でした（毒）》

「哀《あわ》れオカメインコは生贄になったのだ！　とはいえ、飼育下のオカメインコの寿命は十五歳から長くて二十五歳だそうで、紅子の愛鳥は二十歳を越えていた。年寄りが変なものを食べさせられたら腹を下した挙句に亡くなるかもしれない。つまり蠱毒モドキのせいではない可能性があるわけだが、問題は、視聴した側だ」

屍骸を映した後、画面が一面真っ黒になり、そこに白い文字列がゆっくりと浮かびあがるのだという。

《身に覚えがある皆さん、どうぞご無事で（毒）》

「このとき泰雅くんは同級生たちに蠱毒の呪いをかけたと思い込んだんでしょうか?」

白は首を横に振った。

「この時点では、まだ。テロップに悪ふざけのニュアンスが漂っているだろ? 呪う相手の代わりに手近な生き物に蠱毒の体の一部を喰わせるなんてやり方は例の学者の本には書かれていない。思いつくままいい加減なことをしたら、母親が可愛がっていた鳥が死んでしまった。さぞ後味が悪かったに違いないが、それでもあの子は半信半疑で、呪いが成功するとは思っていなかった。しかし『身に覚えがある皆さん』の方は震えあがった。叔母が泰雅にまた貸しした件《くだん》の呪いの本には、こんなことが書かれていたよ」

――人による呪いは、呪う心を抱きつつ呪いの儀式を行い、さらに、相手が同じ信仰のステージに乗っているときにのみ、発動するのである。

「たとえば君がルーシーさんと台湾に行って、彼女が目を離した隙に、勝手に路上で赤い封筒を拾ったとする。君には何も起きない。なぜなら君は、その赤い封筒の意味を知らないからだ。知らないよな?」

僕はかぶりを振った。全然知らない。

「でも台湾人の男性が赤い封筒をうっかり拾ってしまうと、さあ大変! 死んだ女性の霊と結婚させられてしまう！　……と大慌てだ。まあ、実は路上の赤い封筒というのは台湾で広まった都市伝説で、これをネタにホラー映画が何本も作られたほど有名な話なんだが、実際の台湾の冥婚《めいこん》では見ず知らずの男に死んだ娘を嫁がせるような無責任な真似はしないそうだよ。だが、同じ信仰のステージに立っている台湾の人なら恐れる心が生じて、怖い夢を見たり、異常な精神状態が事故を引き寄せたりするかもしれない。つまり、呪いというものは、ふつうの人間同士では、激しく恐れ慄《おのの》くことが誘因となって実現するんじゃないかと私は思うんだ。信仰的な知識や文化を共有していないと、呪われた側が呪いの可能性に気づけないから、何も始まらないわけだ」

では、蠱毒の儀式とオカメインコの死を、泰雅に呪われかねない理由を持つ者たちが目撃したとき——。

「何ヶ月もかけて《標本少年》の蠱毒モドキを視聴したことで、泰雅に恨まれていそうな子たちは、彼が作る呪いのステージに完全に上がってしまった。さらにオカメインコが死ぬことで、儀式も完成された。つまり、これで呪う心と儀式と同じ信仰という三枚のカードが揃った！　途端に呪いのスイッチが入って、泰雅が呪った相手が次々に死にはじめた。最後に動画を投稿した翌日は三月六日で、この日の未明にも同級生が焼死した。三人目の死者だ。泰雅は頭の良い子だから、最初の二人については、交通事故で二人同時に亡くなったこともあって、理性を働かせて偶然だと思おうと努めたかもしれない。でも三人目で、ついに信じてしまった。だから怖くなって投稿を止めたのだと私は推測している」

「ようするに、泰雅くんは最初から殺意があって蠱毒を作ったわけではないと？」

白は強い眼差しで僕を見つめながら、ゆっくりとうなずいた。

「そうだ。しかし呪いは発動してしまった。その原因は、加害者側の罪悪感だ」

――では白は、死んだ少年たちが泰雅に対して何か悪いことをしたに違いない、と。

「死者に鞭打《むち》つようなことをおっしゃる。みんな高校生なのに。証拠があるんですか？」

「だからそれを阿内さんに探させているんじゃないか！」

僕は身びいきする白に少し呆れてしまって、黙って紅茶の道具を台所に下げた。

テーブルを拭こうと濡れ布巾を持って居間に戻ると、白はまだソファに寝そべっていて、一方的に話しかけてきた。

「最後の動画は、標本にしたオオミズアオを見つけたときの映像だった。あれだけは見ることを勧めるよ。泰雅は、去年のゴールデンウィークに撮影した録画をあらためて編集したんだね。夜の山にひとりで行って、岩に腰かけるところから映像が始まる。彼の足もとに置いたランタンの光と呼応するかのように、紺碧《こんぺき》の天蓋で満月が輝いている。オオミズアオはなかなか現れず、黒い梢《こずえ》のシルエットに囲まれた月の夜空にテロップが重なる」

《オオミズアオの学名は、昔は月の女神アルテミスでしたが、今は異邦人という意味のア

リエナです。成虫は羽化して一週間で死んでしまいます。アリエナさん来るかなぁ（希）》

「私は、このとき泰雅は山で死ぬつもりだったんじゃないかと感じた。彼が想《おも》うアリエナは、彼自身にほかならない。白く輝きながら飛来したそれは、まさに生きる希《のぞ》みだった！オオミズアオが夜を渡って彼のもとへ来た瞬間、私は思わず涙してしまったよ」

——同級生が二人トラックに轢かれて死んでしまい、泰雅なりに思い悩んで、《標本少年》を原点回帰させてみたんだろうか？

僕がこの動画を見終えたときに、ちょうど泰雅が塾から帰ってきた。

彼が玄関から入ってくるとき、背景になった暗い庭に色白の顔が鮮やかに映えて、今見たばかりの夜のオオミズアオを思い浮かべてしまった。

——おかえり、アリエナ。

7

三月二六日、土曜日。紅子の見舞いに行くことになった。

一週間前に無事に手術が済んで、経過良好とのこと。紫乃はすでに何度か入院先の病院を訪ねて、あれこれ世話を焼いているらしい。

ソメイヨシノは満開で、宵坂家の桜も五分咲きになった。

「泰雅の学校もそうだが、ちょうど今日から春休みが始まるところが多いようだし、この土日の人出は凄《すさ》まじいことになるだろうな。そこで、叶井くんに相談がある」

土曜日の朝食の席である。白と泰雅が病院に行く予定だから、みんないつもより早起きだ。

リビングダイニングの柱時計が、さきほど七時の鐘を鳴らした。

「なんでしょう?」

「車を運転してくれたまえ」

「相談じゃなく命令ですね? ハイハイ、わかりましたよ」

「ハイは一回にしろって親に叱られなかったか? あ、君は忘れてるんだったな!」

「白さんの辞書にはデリカシーって言葉がないんですよね。……泰雅くん、ご飯おかわりする?」

「すみません、お願いします」

「今朝の朝食は素晴らしかった」

白に褒められて嬉しかったが、時間がなかったから、たいしたものは作っていない。

半熟卵のハムエッグ、刻んだ青ネギと辛子《からし》を入れた納豆、豆腐とワカメと油揚げの味噌汁とご飯。あとは、昨夜のうちに作っておいた胡瓜《きゅうり》の浅漬け。

「ふつうでしたものね。白さん、何時に出発します？」

「叔母は十時に到着するようにしたいと言っていた。紅子の病院は狛江《こまえ》市だから、車だと最低四十分ぐらいは見ておいた方が……」

「念のため一時間前に出ましょう。紫乃さんもご自分の車で行くつもりかな？」

「車にするように勧めてみるよ。叔母は運転が得意だから嫌がらないはずだ」

それから間もなく泰雅は二階へ去った。

部屋のドアが閉まる音を待って、白が小声で僕に告げた。

「昨夜遅く、阿内さんからレポートが届いた。スマホに転送しておいたから、後で見てみなさい」

どこか自慢そうな表情だ。僕は彼の推理があたったのを直感した。

自分の部屋に戻ると、留吉が朝食を食べ終えて、退屈そうに窓の外を眺めていた。

泰雅が滞在している間、留吉はいつものように居間で勝手にテレビを見たりお菓子を食べたり、イナリに相手をしてもらったりするわけにいかず、気の毒だ。

「ごはんが本当に美味くて、こんなに幸せなこたあございやせん」とニコニコしている。

「今日はみんなで紅子さんのお見舞いに行くんだよ。僕は留吉くんと一緒に留守番できると思ってたんだけど、白さんに車の運転をしろって言いつけられちゃった」

「そうですか。お気をつけて行ってらっしゃいまし」

「うん」

まずは留吉の食器を台所に下げ、それから僕は、白がスマホに転送してくれた阿内三言のメールを開いた。

《宵坂白さま
いつもお世話になっております。阿内三言です。

西藤泰雅さんの件ですが、以前、東永学園の理事長A氏のご子息から別件で依頼を受けたことがあり、これもまた別件で東永学園の校長先生とも面識がございましたので、そちらからアプローチいたしました。

A氏からは西藤さんの学年にご子息がおられる保護者会役員BさんとCさんもご紹介いただき、学園側と西藤さんや彼のご家族に情報を漏らさないことを条件として、BさんとCさんのお子さん（以下Bくん・Cくん）に、私が用意した質問に回答してもらうこともできました。

以下に、Bくん・Cくんの一問一答と、学園側で把握している経緯をまとめましたので、ご確認ください。》

●一問一答

Q1　西藤泰雅さんと一部生徒との間のトラブルを知っていましたか?
Bくん「知ってた。三年生のときのことは西藤やDとクラスが違ったからわからない」
Cくん「中三でDくんと同じクラスになって初めて気がつきました」

Q2　Q1で知っていた人に質問です。それはどんなトラブルでしたか?
Bくん「中一のとき、Dがお姉さんを盗撮するようにそそのかしたんだけど、西藤が断ったから、最初は無視や仲間外れ。だんだんひどくなって、西藤にぬれぞうきんを投げてあたったら勝ちってゲームをしたり陰で腹にグーパンしたり。中二のときは集合写真のとき来ないように脅したり、修学旅行のときにDが西藤の全裸写真を撮ってSNSのグループに投稿したり。Dがプールで溺れ死んだと聞いて、プール授業のときDが西藤に抱きついて溺れさせようとしたのを思い出した。死んだ人に言うことじゃないけど、今思えばDの行動は全部キモかった」
Cくん「三年になって一ヶ月ぐらいして、Dくんたち五人が西藤くんからお金をまきあげたというウワサを聞きました。西藤くんはDくんたちに脅されているようでした」

Q3　西藤さんはどんな人だと思いますか？　また、亡くなった五人はどうでしたか？
Bさん「西藤は中学の頃は顔が女みたいで、入学直後からイジられてた。死んだ連中はD以外。陰でバカにされてた。Dだけはスポーツ万能で弁舌さわやかで、先生たちにも気に入られてた。五人と西藤は元は同じ電車で登下校する仲間。Dは初めは西藤の親友みたいだった」
Cさん「西藤くんは高等部に入ってからは優等生。中一のときからずっと科学部員です。五人組に関しては、IさんやKさんたち四人は不良っぽかったので関わらないようにしてました。Dくんは文武両道に長けていて水泳部のエースでした」
Q4　《標本少年》という動画のチャンネルを視聴したことがありますか？　他の生徒はどうでしたか？
Bくん「中三の二学期に、同じクラスのEが西藤から教えられたと言って蠱毒の動画をスマホで見せてくれた。西藤＝標本少年というのは公然の秘密。五人が死んでから『蠱毒のタタリこえー』とかSNSのグループに書いたのが大勢いる」
Cくん「はい。去年、蠱毒の実験動画をいくつか視聴しました。中三の九月頃に西藤くんが科学部の仲間のEくんとHくんに話して、それから学校中に広まりました。Dくんが西藤くんに『動画をやめろ』と言っているのを見かけたことも一度あります」

Q5　最後の質問です。西藤さんと五人に関して、学園側を含め、誰が悪いと思いますか?
Bくん「D。それからI、J、K、Lと、中一と中二のときの西藤の担任」
Cくん「僕を含めて、西藤くん以外全員です。誰かがDくんたちを止めなくちゃいけませんでした。でも、Dくんたちは西藤くんにもう一年以上も手出ししていなかったのに、まだ恨みつづけていたのかと思うと、僕は率直に言って、西藤くんも怖いです」

●学園側から聴取した本件の経緯

①中一の二学期の初めに西藤さんが姉の流伽さんのことで彼らにからかわれたのがことの始まり。流伽さんは、その年の夏休みに行われたジュニアクラシック音楽コンクールのピアノ部門で優勝して、決勝戦の録画などがマスメディアや動画配信プラットフォームで公開されており、それを西藤さんがクラスで自慢した。
②Dら五人から流伽さんのヌード写真を盗撮しろと強いられて、西藤さんは拒否。するとDが率先して西藤さんに暴力を振るうようになった。
③中二の一学期から二学期にかけて、学校側も看過できない深刻な事態(プールで溺れ

かけて失神、修学旅行で記念写真に入らない）が起きた。担任教師が五人を注意し、以降、目に見える暴力は止んだ。
④中三に進級して間もない四月下旬、西藤さんがD ら五人に毎月一万円ずつ払えと脅されて、五万円をD に渡した。このときD は中二の頃に撮った西藤さんの裸の写真を再び拡散すると言ったり、姉の流伽さんの学校に押しかけて嫌がらせをすると言ったりした。こうしたことを学園側は十月の中頃まで把握していなかった。
⑤中三の十月初旬、父親の財布から紙幣を抜こうとして母親に見咎《みとが》められた西藤さんが、父親に促されて、両親にこれまでのことをすべて告白。西藤さんの父親が弁護士を同伴して学校を訪ねてきて校長以下に直談判。西藤氏と弁護士は、ただちに学園側が実効性の高い対応を取らなかった場合、D らの保護者に内容証明を送付し、さらにマスコミ各社に通知した上で記者会見を開いてこの問題を広く社会と共有する意向である旨《むね》、校長及び教頭と理事長に伝えた。これを受けて、学園側は即座に対応することを西藤夫妻と弁護士にその場で約束し、D は一ヶ月間、I・J・K・L は二週間の停学処分／西藤さんから搾取した合計約三十万円のD らの保護者による一括返済／問題の五人から西藤さんへの謝罪の会を校長室で行う等の措置が可及的速やかに取られた。それからD さんら五人の連続死が今年三月初旬から始まるまで、何も問題は起こらなかった（と学園側は認識している）。

8

紅子が入院している東京都狛江市の大学病院に到着したときには、約束の十時を十五分も過ぎてしまい、病院の正面口で紫乃と流伽が僕らのことを待っていた。

「遅いじゃないの！」と紫乃が白に抗議した。

「お見舞いに行くのに手ぶらというのもなんだ、と、出発してから思いついたんだ」

白は、白大島《しろおおしま》のアンサンブルをふわりと着て、目のつんだパナマ帽を被り、茶献上《ちゃけんじょう》の帯を締めて、買ったばかりの見舞いの品の紙袋を提げていた。口を尖らせて言い返す。

「私たちを待たずに、先に紅子のところに行っていてもよかったのに」

「みんなでワッと現れて紅子を驚かそうと思ったのよ。紅子、退屈そうにしてたから」

「元気にしてた？」と泰雅が流伽に訊ねた。

久しぶりに顔を合わせた流伽は、うちに食事に来たときより血色が良くなっていた。

「うん。隣にいるのに全然会わないね？」と笑顔で泰雅に応えている。

小庭でピアノを再開したことが、彼女の精神に好い影響を与えているように思われた。。

紅子は三階の個室に入院していた。ガラス張りのシンプルなシャワーブースや大画面の薄型テレビを供えた現代的なホテルのような部屋だ。

僕たちが一斉に入ると、目を丸くしてベッドの上で上半身を起こした。

「わあ！　みんなで来てくれたの？　ヤダ、白くんまで！」

「何がイヤなんだ？　表参道《おもてさんどう》の千疋屋《せんびきや》でフルーツゼリーを買ってきてやったぞ」

「あら、大きな箱！　明後日が退院だから、ほとんど家に持って帰ることになりそう」

「そうよ。二十八日に退院予定って、白くんに伝えなかった？」

「聞いてないよ。しかし順調に快復しているようで安心した」

たしかに紅子は、声に張りがあって顔の色つやも病人とは思えず、度重なる災難で青菜に塩を掛けたようだと聞いていたから意外に感じた。縦横に大きな女性で肉づきがいい。

「たった十日じゃダイエットにならない。思ってたより痩せなかった」と嘆いている。

「何言ってんの。そのうち痩せるわよ。最初は重湯で、今もお粥《かゆ》でしょう？　それより、あんた退院してすぐに家事ができるの？　しばらくうちでのんびりしたら？」

「うーん」と紅子は口をへの字に曲げて悩むようすを見せた。

「私も母さんのところに転がり込んじゃおうかなぁ。……パパに相談してみる。ところでそちらさんは？　こないだ母さんが話してた白くんのアシスタントさんでしょ？」

僕が挨拶すると、「白くんは異常に扱いづらいと思うけど頑張ってね」と労《ねぎら》ってくれた。

「泰雅と流伽は、どうしてる？」と、彼女が子どもたちに話を振り向けたタイミングで、

「ちょっとトイレに行ってきます」と僕は言った。

実際のところ、尿意を催したわけではなくて、家族水入らずにしてあげた方がいいと感じて席を外そうとしたのだが、白に呼びとめられた。

「ついでにミネラルウォーターを買ってきてほしい。私の財布を持っていけ」

「だったら白くんの奢《おご》りで全員分お願い。私はアイスコーヒー。流伽と泰雅は何にする？」

みんなから注文を聞いて、売店まで飲み物を買いに行くことになった。

エレベーターの横に掲示されていた各階のフロアガイドで売店の位置を確認したところ、一階にあった。下へ行くボタンを押してカゴの到着を待っていると、患者らしき部屋着の少女が隣に並んで、話しかけてきた。

「下に行きますか？」

「ええ」と僕は振り向いて答えて、ちょっとドキリとした。

中学生か高校生か、十代半ばの女の子なのだが、目の下がどす黒く、唇が乾いてひび割れており、重い病を患っていそうだったのだ。それに、髪の毛が抜けてしまったのだろうか、ニット帽を目深に被っている。

女の子はそれきり黙って、エレベーターが来ると僕と一緒に乗り込み、地下一階へ行くボタンを押した。

エレベーターには他に誰も乗っていなかったから、僕たちは二人きりになった。気づまりな沈黙に耐えて、僕は一階で降りた。

途端に背中に冷たい風が吹きつけてきた。振り返るとエレベーターの扉が閉まるところだった。

誰も乗っていないように見えた。

ゾッとした拍子に、本当にトイレに行きたくなってきた。

再びエレベーター横のフロアガイドでトイレの位置を確認して、そちらへ向かう。

一階には広々としたロビーがあり、ここからいちばん近い男子トイレは、ロビーを挟んだ売店の真向かいだ。

男子トイレに入ると、手洗いの鏡を見つめている僕と同年配の男がいた。

「こんな顔になっちゃった」とつぶやいて、こっちを向いた顔を見たら、左側の顔面が赤く焼けただれていた。左目の瞼《まぶた》を失って、そちら側の眼球が剝き出しだ。

「ほら、こんな顔になっちゃったんですよ。どう思いますぅ？」

僕がこういうとき、咄嗟に正しい判断を下せる、常に冷静沈着なタイプの人間であればよかったのだが。

「ヒィ！」と叫ぶと、つい、目の前の個室に飛び込んでしまった。ガチャリと鍵を掛けてから、これでは袋の鼠《ねずみ》だと気づいた。

しかし、気の毒な青年はそれ以上は何も言ってこなかった。

僕は便座に腰かけて小便をした。衣服を整えて、恐る恐るドアを開けると誰もいなかったので胸を撫でおろした。

するとと今度は気が咎めてきた。大怪我をして顔面が崩れてしまった人を前にして、悲鳴をあげて逃げるなんて最低だ。

……ところが、後悔しながら手を洗っていると、

「こんな顔になっちゃったぁ」

と、鏡の中から、さきほどの青年が話しかけてきたのだった。

僕は息を切らしてロビーを突っ切り、向かい側の売店に飛び込んだ。

コンビニ・チェーンが参入している明るい売店で、チェーン全店でかかっている陽気なBGMが流れていた。買い物をしているのは、入院患者の家族や比較的軽い症状で受診した人が多いようで、店内にいる人々のようすも他のコンビニとあまり変わらない。

気を取り直して、みんなから頼まれた飲み物をそそくさとレジかごに放り込み、白から預かった財布からお金を出して支払いを済ませた。

そして店を出ると、一階に降りてくるときにエレベーターに乗り合わせたニット帽の少女とばったり出会った。

「あ、さっきのおにいさん」と彼女は言って、ニコッと僕に微笑みかけてきた。

――この子は幽霊じゃなかった。

軽く笑顔を返して、「買い物?」と訊くと、かぶりを振った。

「もう戻らなくちゃいけないんです」

「そうなんだ。僕も戻らないと」と言って歩き出すと、自然に隣に並んでエレベーターまでついてきた。

タイミングよくエレベーターが到着したので、さっそく二人で乗り込んだ。

少女が、サッと腕を伸ばして地下一階へ行くボタンを押した。

「えっ?」

三階でフロアガイドを見たときの記憶が確かなら、入院病棟は三階に集中しているようだった。地下一階は各種の検査室と……霊安室。

「下に行きますよね?」と少女が僕を振り向いて訊ねた。

隈《くま》が浮き出た土気色の顔に微笑を浮かべ、可愛らしく小首を傾《かし》げて見せた。

「おにいさんも霊安室に戻るんですよね? 私は、葬儀屋さんが到着したからもう行かないと置いていかれちゃう」

すでにカゴは下がりだしている。少女の方から冷気が押し寄せてきた。

この子につられて、上か下か、行き先表示を見ずに乗ってしまったことが悔やまれた。

「ち、違うんだ。僕は生きてるんだよ!」

何か必死で述べてしまったが、途端に少女はしょんぼりと肩を落とした。

「霊安室にもう一体、火傷で死んだ人の体があったから、おにいさんかと思ったのに」

「……さっき、その人にも会ったかもしれない」

「ふうん。あのね、私が入院してた部屋の窓から桜が見えたんです。とっても綺麗だったから三階まで見に戻ってみたの。おにいさんも、そうかと思ったけど勘違いでしたね」

落胆が伝わってきて、僕は申し訳なくなった。

「ごめん。違うんだ。飲み物を買いに行っただけなんだ」

「売店ってコンビニだったんですね。病院の中を自由に歩きまわったの、私、初めてで」

「………」

「もうすぐ四月ですよね。高校生になりたかったなぁ。もっと生きられたら、やりたいことがいっぱいあったのに残念。私、バレーボールが大好きで、部活を頑張ってたんですよ？　恋愛もしてみたかったし大人になって仕事して独り暮らしもしてみたかったです！　生きてるって凄いんですよ？　死にそうな病気になって初めて知りました。まさか本当に死ぬとは最期まで思ってなかったけど、死んじゃった……」

掛ける言葉もなく、彼女の言葉をただ聞いてあげることしかできなかった。

間もなくエレベーターが地下一階に着いた。彼女は降りると体ごと振り返って、僕に手を振った。

「バイバイ。生きてるおにいさん。バイバイ」

僕は手を振り返し、泣きながら上に行くボタンを押した。

離青山《はなあおやま》にみんなで戻り、今夜は紫乃が流伽と泰雅を連れてレストランで食事をするというので、久しぶりに白と僕と留吉の三人で簡単な夕食を済ませた。

夕食の後、白が「どう思う？」と言ってきた。阿内三言のレポートを読んでどう思ったかという意味だと悟り、僕はこう応えた。

「あの蠱毒は、もう意味がないですよね？　五人が死んで、あれは役目を終えました」

僕は、泰雅が加害者たちを一年以上経ってもまだ恨んでいた点を責めていた「Cくん」とは意見を異にしていた。

泰雅が受けた被害の中には性的な匂いが漂う暴力も含まれていた。

今後一生心の傷が残る可能性が高い。永遠に赦せなかったとしても無理はないと思う。

さらに、彼が蠱毒の実験を始めたのは、Dたちから謝罪を受ける前である。

だから「死んだ五人は自業自得だと感じただろう？」と白に訊ねられると、うなずくしかなかった。そして当然、白もそう思っているのだろうと考えた。

しかし、少し違ったみたいだ。

「泰雅はDたちが死んで痛快だったと思うか？　そんなに人の心は単純じゃない。私は、夜毎《よごと》あの子が蠱毒モドキを眺めて懺悔《ざんげ》の涙を流しているんじゃないかと想像しているよ。

どんなに悔やんでも時計の針は戻せないがね」

「……だったら、どうしたらいいんですか？」

「蠱毒モドキを処分して未来へ向かうしかない！　あれは蠱を容器に閉じ込めて虐待してるだけの、不浄のカタマリだからな。持っているだけで心身を病みそうだ！　病んでいる人の家族は病みやすくなるものだ。流伽や紅子のためにも捨てるべきだ」

そういえば、紫乃と暮らしだしてからの流伽は前よりも少し健康的になった。

紅子の快復が順調なのも、手術が成功したからというばかりではないかもしれない。

蠱毒を抱えた泰雅が、この家に隔離されたことで、家族が癒えてはじめている……？

流伽については、阿内三言の報告を読んで気になった点がひとつあった。

「流伽さんといえば、彼女は、自分が泰雅くんとDくんたちのトラブルの原因や脅迫のネタにされていたことを知っているのでしょうか？　それで自分が原因だと思い込んで……」

「自責の念に駆られたんだろうね。峯尾さんが学校を脅してカタをつけたわけだが、その前に泰雅を告白させている。一つ屋根の下で流伽に隠すのは難しかったはずだ」

「泰雅くんも、これからも辛《つら》いですよね」

「峯尾さんがバズーカ砲をぶっ放しただけでも腫れ物をさわるような扱いになったんじゃないかと思うが、さらに五人連続死と動画の蠱毒だ。針のムシロかもしれんな。しかし、この難所を乗り切る方法がひとつだけある！」

白は胸を反らし、両手を高く上げて叫んだ。

「公正世界仮説！」

そして両腕を伸ばしたまま、宙《そら》にめいっぱい大きな輪を描いた。

「この世界は、大いなる意思が司る《公正世界》であーる！　公正世界においてはすべての善が報われ、すべての悪は罰せられる！　因果応報！　お天道さまは見てる！」

着物を着て熱弁を振るっている姿のうさんくさいことときたら。

「……宗教ですか？」

「違う！」と白は目を剝いた。「公正世界仮説は社会心理学で言うところの認知バイアスだ。つまり、この世界では、最終的に悪い行為には天罰が下り正義は必ず報われる！　そう信じることで人間は何かあっても前向きに努力できる。古今東西に見られる考え方だ」

「だけど現実社会では正義が勝つとは限りませんよね？」

「もちろん。また、公正世界仮説には負の側面もある。親の因果が子に祟り――というのは日本の怪談『真景累ヶ淵《しんけいかさねがふち》』などで有名だが、無辜《むこ》の不幸は公正世界を揺らがすから、他者の触れてはいけない部分をカルマとして落とし込むわけだ。だから累ヶ淵の中では、累《かさね》の先天的な障がいは前世のカルマであるとして語られる。そんなことはもちろん現代ではもってのほかで、絶対に理性で止めなくてはならない。しかし、より軽い事象――たとえばピクニック当日に好天に恵まれると『日頃の行いが良かった』と喜んで、逆に雨だと『日頃の行いが悪いから』と揶揄《やゆ》する人は多いだろう？　公正世界をうまく取り入れることで、ピクニックが台無しになったガッカリ感を軽やかに乗り越えているんだよ。昔から多くの人が無意識にやっていることだ」

——辛いことを乗り越えながら生きるための知恵。

「泰雅と真面目に向き合って話してみるよ」と彼は言った。

「それがいいですね。そろそろ泰雅くんが帰ってくる頃です。では僕は自分の部屋に引っ込んで……」

「待った！　叶井くんには、まだやることが残っている。蠱毒モドキと害虫の容器をイナリの祠に運んでくれ。あれはイナリに処分してもらおう」

「えっ、今からですか？　泰雅くんの許可を取らずに？」

「泰雅に抵抗されたところで私の方針に変わりはない！　さあ、持ってきなさい！」

気は進まなかったが、僕は二階の泰雅の部屋からボストンバッグごと蠱毒と蟲を階下に運んだ。

「そのまま玄関に持ってきてくれ。そこで容器だけ取り出して、庭に持って行こう」

言われるままに、玄関の上がり框で大小二つのガラス容器を取り出して、立ちのぼる悪臭に辟易しながら屋敷神の祠の前まで抱えて運んだ。

「イナリ！　私だ！」と祠の正面で白が呼ばわった。

「宵坂家の当主として頼みがある！」

「なによ、騒々しいわねッ！」

祠の中から白い光の玉が飛び出してきたと思ったら、みるみる大きくなって、十一、二歳の少女の形を成した。光が消えると、人に変化したイナリが現れた。

色白の肌に映える紅絹の長襦袢《ながじゅばん》を着ていて、いつもの洋装よりも妖しい迫力に満ちている。長い巻き毛が、髪の毛自体に意思があるかのように、小さな体の周囲で宙に浮きながら蠢いている。なんだか怒っているような髪のうねり方だ。

「おまけに臭い！　私にこんなのを嗅がせたツケは高くつくわよ？」

「これを処分してほしいんだ」

「そんなもの、穴を掘って埋めればいいじゃない！　そこの穴掘り人足に頼みなさいよ」

と、僕の方を指差す。

「でも、うちの敷地はダメ！　それの故郷の八王子《はちおうじ》に持っていかせればいい」

「いや、私が知る限りでは、このオオムカデは軽井沢の辺りで捕まえられたらしいぞ？　棲んでいた山に返せないか？」

イナリは渦巻く髪の間から、僕が抱えた蠱毒を睨みつけた。彼女が意識を集中すると瞳孔が金色に変わって針にように細くなるのだということを初めて知った。

「……諏訪《すわ》の神が呼んでいる。その子は山の命の一部なのね。仕方ない。生まれた土地に帰らせましょう。そちらの蠱たちも一緒に連れていかせるわ」

そう言うと、イナリ胸の前に印を結んで目を閉じた。

たちまちヒノキのような香気に庭が包まれ、蠱の悪臭が消えた。清浄な大気に辺りが満たされ、思わず深呼吸がしたくなる。イナリの着ていた長襦袢は純白の衣に変わり、全身が微かに発光しはじめた。小さな赤い唇が低い声で祝詞のようなものを唱えはじめる。

「……豊受《とようけ》の神の流れ、宇迦之御魂《うかのみたま》となりいでたまい、永く神納《しんのう》成就なさしめたまえば、船光稲荷《ふなみついなり》が分霊《わけみたま》、宵坂屋敷稲荷が畏《かしこ》み畏み申す！　天狐《てんこ》、地狐、空狐、赤狐、白狐、稲荷の八霊、五狐の神の光の玉なれば、誰も信ずべし！　心願をもって禍《わざわい》なく、夜の護《まも》り、日の護り、大いなるかな、賢なるかな！　諏訪大神よ、これなる眷属《けんぞく》どもを召し戻したまえ！」

一陣の風が吹き、咲きそめたばかりの庭の桜を散らせた。花びらが舞い降り、ほんの刹那、僕の腕の中で蠱たちが閃光《せんこう》を放った。

次の瞬間、夜の闇が戻り、清らかな森林の芳香も消えた。

僕は空になった容器を地面に下ろした。

再び赤い長襦袢に戻ったイナリが、両手を腰にあてて自慢そうに胸を反らした。

「どんなもんよ。お礼は奮発してよね？　……ベイユヴェールのガトー・ブーケを私に捧げなさい。超々高級店だから覚悟おし！」

「超が三つ！」と白が跳びあがった。「イナリよ、それはお菓子なのか？」

「美しい花束のようなバタークリームのケーキよ。千円札がチョウチョみたいにヒラヒラ飛んでいっちゃうと思うけど、春にピッタリ」

「我が家の経済にはピッタリじゃない！」

「安心して。お店までは遠足程度の距離よ。クリームでできたお花を壊さないようにね」

「不安しかない！」

僕は思わず笑って、ジロッと白に睨まれた。

「しょうがないな。明日、叶井くんに買ってこさせよう。そ〜っと運ぶんだぞ！」

そのとき、車のエンジン音が近づいてきて、門の前で止まった。

「泰雅たちが帰ってきた」と白がつぶやいて、僕の足もとの容器を指差した。

「マズイかな？　泰雅だけならともかく、叔母と流伽も来そうだ」

「急いで隠しましょう！」僕は慌てて容器を持ちあげようとしたが、時すでに遅し。

「あら？　そこにいるのは叶井さんと白くん？　二人で庭で何してるの？」

紫乃がそう言いながら門を開けて入ってくると、泰雅と流伽も後に続いて――。

「あっ！　それは……ッ」

僕の方を見てそう叫ぶなり、泰雅が踵《きびす》を返して門の外へ走り出た。

僕は反射的に容器を放り出して彼を追いかけた。

ほっそりした背中が車道へ飛び出すのと同時に、大型車のヘッドライトが僕の目を刺した。悲鳴のようなブレーキ音が鼓膜を震わせる。

クラクションが鳴り響く中、僕は息を止めて泰雅の体に肩からぶつかっていった。


「危ないじゃないか！」

運転手の怒声が頭上から降ってきたが、すぐには立ちあがる気力もなかった。

「ご、ごめんなさい。ど、ど、どっちも怪我してません！　どうぞ行ってください！」

つっかえつっかえ、それだけ言うのが精一杯。ほどなく、道路脇にだらしなく転がる僕たちの目の前を、一台のトラックが走り去っていった。

「うちで話そう？」と僕は泰雅に話しかけた。

恐るおそる僕に向けられた泰雅の眼は怯《おび》えきっていた。緊張してひきつった顔が哀れで、十六歳という年齢よりも幼く見えた。

「白さんも僕も味方だよ。こそこそ嗅ぎまわったことは本当に謝る。でも、僕たちは泰雅くんの助けになりたいだけなんだ。辛いことはもう終わりにしようよ？」

助け起こした体はブルブルと小刻みに震えていた。

僕の膝も笑っていた。よろめき、支え合いながら、道路を渡って白の家の前に戻ると、流伽が駆け寄ってきて、泰雅に抱きついた。

「良かった！　死んじゃうかと思った！」

流伽は泣いていた。泰雅の目も赤かった。

「こんなところで若い男女が抱き合って泣いていると、通行人に面白がられるぞ？　二人とも早く中に入りなさい。叔母さんは、自分の家で待っていてください」

——そうか、白は紫乃には聞かせたくないのか。

子どもたちだけの領域を、二人に残しておいてあげるつもりなのだ。

その代わり、泰雅だけではなく、流伽にもすべてを話すのだろう。

どうせなら、留吉やイナリのことも含めて、洗いざらい打ち明けてしまった方がいい。

庭に蟲の容器を取りに行くと、イナリが僕を待っていた。

預けた石を両手で持っていて、僕が近くに行くと差し出した。

「ありがとうございます」と石を受け取る。

「その石は、おまえの血と同じ匂いがする。おまえの先祖と関わりのある石なのだろう。遠からずきっと何かが起きる。大事に持っていなさい」

わかりました、と僕は応えて、気になっていたことを訊ねた。

「あの、泰雅くんは？　もう大丈夫でしょうか？」

「大丈夫？　いいえ邪気は消えたけど、人の子としての苦しみがまだ残っているわ」

9

その夜、白と泰雅と流伽は深夜まで話し込んでいた。

僕は自分の部屋にいて、聞き耳を立ててしまわないように、イヤホンを耳に挿して、最近ダウンロードしたテナーサックス奏者スタン・ゲッツのジャズアルバムを聴きながら──そう、呪われた空き事務所の事件のときにソワレ青山ビル二階のアサカワ理髪店から聞こえてきた音楽だ──小庭の矢満田未悠から頼まれた料理のレシピを考えていた。ヘルシーかつ、値段がお手頃で、小庭の雰囲気にマッチするもの……。

いつの間にか夢中になって、最初は襖が開いたことに気づかなかった。

「叶井くん!」と白に声を掛けられて、慌ててイヤホンを抜いた。

「だいたい終わったぞ。留吉を起こして連れておいで。泰雅と流伽に、留吉の話を通訳してやってほしい」

──蠱毒モドキ発見の経緯や留吉の生い立ちを知った泰雅が、釈然としない顔で白が推奨する公正世界仮説に異を唱えたときは、どうなることかと思った。

「留吉くんは善い子だったのに、無惨に斬り殺されたんですよね? 悪いことはひとつもしていないのにご飯が食べられなくて、幼い妹が飢え死にしたんですよね？　世界は全然公正じゃないじゃありませんか！」

白と留吉が同時に声をあげた。

「それは違うぞ！」「てまえは今えらく幸せなんで！」

僕は留吉に話を促した。「留吉くんは、よくそう言ってるよね？」

「へい。本当のことですから。生きてた頃より、てまえはずっと幸せです。その公正世界ってぇのは、最後には必ず報われるってんでしょう？　全然間違ってませんよ」

僕が通訳すると、泰雅は、「死後に報われるなら、苦労して生きる意味がないじゃないか」とつぶやいた。

それを聞いて、僕は、病院で遭ったニット帽の少女の幽霊のことを思い出した。

「泰雅くん、それも違うと思うよ？」と言って、少女の言葉を彼に伝えようと試みた。

「病院で遭った君たちと似たような年頃の女の子の幽霊は、たぶん昨日か今朝、病気で死んでしまったんだけど、彼女は僕にやりたいことがたくさんあったと訴えて、最後に『生きてるって凄いんですよ？』と言ったんだ。バレーボールが大好きだったんだって。泰雅くんにも好きなものがあるでしょう？　流伽さんは、ピアノかな？」

流伽は目を伏せて、「私は……」と迷いながら口を開いた。

「これまでピアノにすべてを捧げてきました。ボール遊びも鉄棒もしたことがありません。

泰雅にも迷惑をかけてきました。遠方に住む先生のところにわざわざレッスンを受けに行ったりコンクールのために遠征したりと、小さな頃から私は母を独占しがちで……。それでも、高い評価をいただいているときは、泰雅に多少犠牲を強いたとしても許されると思っていました。でも高校に入ってからはなぜか不調で……まるで底なし沼に沈んでいくみたいで……先生方に聴かれるのが怖くなってきちゃって」

そんなさなかに泰雅とDたち五人組の問題が発覚して、発端に自分の存在が絡んでいることを知ってしまった。

「泰雅と両親の会話を立ち聞きしてしまったんです。あんなふうに弟を踏みにじらせるほどの価値は今の私にはないと思いました。そしたら学校に行くのも辛くなって……。でもピアノは好きなんです！　他にやりたいこともありません。だから小庭で弾いて店員さんたちに喜んでもらったとき、音大に進学できなくても、有名なクラシック奏者になれなくても、とにかくピアノを弾いていられるならいいと思って、少し気が楽になりました」

流伽が話し終わると、泰雅が語りはじめた。

「好きなのは、虫です。将来は昆虫学者になりたくて……」

そこで白が話をさえぎった。

「なればいい！　生きていないとなれないぞ。他に好きなことや、やりたいことは？」

「えーと……あ、そうだ！　叶井さんを見てたら、料理も面白そうだな、と」

「料理か！　たしかに昆虫標本作りと共通点があるな。刺したり切ったり漬け込んだり」

「やめてくださいよ！　全然似てませんから！」

「君は魚の内臓を引きずりだして三枚におろせるのに、虫だと話が違うのか？」

「あれは僕にとってはトラウマ動画なんです！　でも、今思いついたんですけど、流伽さんのリサイタルのとき、泰雅くんと何か一品作ってお客さんに出すのはどうでしょう？ちょうど矢満田さんに頼まれた新しいメニューを考えていたところです」

「待ってください！　私のリサイタルって、やるって決めたわけじゃないんですよ？」

「そういう話があるなら、是非やるべきだ。挑戦や努力は決して無駄にならない。勇気が出なかったり挫《くじ》けそうになったりしたら、公正世界仮説を思い出して、いつかは花の咲くときが来ると信じるんだ！　泰雅もだぞ？　これから卒業まで少し辛いかもしれんが、長い目で見たら一瞬だ。一所懸命に勉強していたら人目も気にならない」

するとと泰雅が「不思議ですねぇ」と言って白のことをまじまじと見つめた。

「おじさんとは真逆のタイプなのに、父も同じことを言ってました。『必死に勉強していたら卒業まではあっという間だ。外野の声に負けるな。冬来たりなば春遠からじ』って」

この会話を聞いていた留吉が、ちょっと眠たそうにしながら、

「白さんも泰雅さんの父上とおんなじ昭和の生まれでやす。お江戸の頃からオジサンは若い衆に説教を垂れるのが好きで、てえげえ言うことも変わりがねえもんなんで」と言った。

すぐさま白は僕に「言うなよ！」と命令したけれど、僕はもちろん通訳した。

流伽のリサイタルは、それから一週間後の四月二日——土曜日の夕方に催された。

紅子は退院してから紫乃の家で休養していた。

退院した日に、紫乃の家で、西藤家の四人が家族会議を開いたと聞いている。

紫乃によると、紛糾することなく、真剣かつ穏やかに話し合われたそうだが、どんな会話が交わされたのかは知らない。僕の関知すべきことでもないと思う。

リサイタルと言っても、正式にやると決めたのは、たった六日前。

小庭では、店先にパソコンで作ってプリントアウトしたA4サイズのチラシを少し置いただけだったが、人気者の嶋野真由歌が自分の動画チャンネルで「着付け教室の生徒でピアニスト」として流伽を紹介したところ、瞬《また》く間にチケットが完売してしまったそうだ。

小庭は約一〇〇席あるというから、関係者席を除いたとしても、たいしたものだ。

その日に合わせて、僕と泰雅と真由歌はリサイタルの特別メニューを考えた。好評のようなら小庭の定番メニューに加えてほしいと思い、店長と副店長の了承も得ている。

上演開始時刻は午後六時。今日は五時に店を閉めた。

僕と泰雅は、カジュアルなフランス料理店でときどき見かける塩味のケーキ、ケーク・サレを作った。全粒粉とオリーブオイルを使い、ツナ&チーズ、春野菜いろいろ、ハム&

トマトの三種類を用意することにして、閉店直前までに厨房《ちゅうぼう》で奮闘していたのだった。

開演直前、僕と泰雅と白は厨房に近いカウンター席で、西藤家の三人と紫乃はピアノから離れた中央付近で、流伽の登場をそれぞれ待ちかねていた。

やがて流伽は艶《あで》やかな振袖を着てピアノの前に登場した。流伽が和装したら呪いの日本人形みたいになるんじゃないかと思っていた僕はとんだバカだ。凛々《りり》しく髪を結いあげた彼女は色白の美貌が際立っていて、つい見惚《みと》れてしまった。飛び立つ胡蝶《こちょう》の柄の訪問着も、真由歌の見立てだろうが、素晴らしく似合っている。

急なことなので司会もいない。チラシに書いてある順番で曲を弾いていくだけだ。

白が隣から話しかけてきた。

「変わったプログラムだ。最初がベートーヴェンのピアノソナタ第十四番というのはわかる。『月光』の第一楽章は有名だし、昔から人気があるクラシックの楽曲だからな。だが、その次が妙だ。この『You Must Believe in Spring』ってのはジャズだぞ」

「そうなんですか?」

「うん。名曲だ。わりと好きな曲だから英語の歌詞をちょっとだけ憶えてる。……ああ、そうか! そういうことか。今、サビのあたりだけ意訳してやるから読んでみろ」

「ええっ? もう始まりますよ?」

白は懐から小さなメモ帳とペンを取り出して素早く何か書きだした。

その間に、流伽が挨拶をしはじめた。

「こんばんは。はじめまして。西藤流伽です。このたびはご縁があって、ここ小庭で演奏させていただけることになりました……」

緊張のあまり、そこから先のセリフが飛んでしまったようだ。頬を赤らめて「どうぞ聴いてください」とつぶやくと、拍手の中一礼して、そそくさと椅子に腰かけた。

硬く引き締まった横顔と柔らかな着物の対比が本当に綺麗だ。高々と大きく結んだ帯が蝶の翅を思わせ、春の妖精のようである。髪に飾った花は、フラワーショップを兼ねている小庭の特色を活《い》かして生花をアレンジしたものだと思われた。

「ほら、書けたぞ。読め」

白がメモ帳のページをちぎって横から押しつけてきた。

「なんですか？　後にしてくださいよ」

「いいから読みなさい！　読んだら泰雅にも回してやれ」

渋々、手もとの紙に目を落とすと、詩のような短い文章が綴《つづ》られていた。


君の心は冬枯れの草原。孤独で凍《い》てついて。

そんなときは考えてごらん。春も、そう遠くはないって。

これだけはわかってる。薔薇《ばら》の秘密は、うんと深い雪の下にこそ埋もれているって。

君は、春を信じなくちゃいけないよ。

——読み終わると、僕は黙って泰雅の前にこのメモ書きを差し出した。

流伽の『月光』はもう始まっていた。

静かなイントロだ。蒼白い光がひたひたと打ち寄せてくるような。

僕は、梢に囲まれた夜空に輝く満月や、奇跡のように飛んできた美しいアリエナを、胸に蘇らせずにいられなかった。なぜって、月影の夜、ひとりぼっちの森の奥で空を見あげていた《標本少年》が隣に座っているのだから。

少年たちの残酷な季節と生き残った彼の苦悩に思いを馳《は》せるうちに第一楽章が終わった。

やがて第二、第三楽章も、流伽は確かな技術を披露しながら見事に弾きあげた。

店内は拍手に包まれた。

彼女は客席を眺めて、最後に僕たちの方に視線を投げかけると小さくうなずき、ピアノの方に向き直った。

「次の曲は、今日のために練習しました。ユー・マスト・ビリーブ・イン・スプリング」

なんと、弾き語りだった。

優しいアルトヴォイスのスローテンポで、凍てつく冬を乗り越えようと客席に呼びかけている。そばで洟《はな》をすすりあげる音が聞こえ、泰雅かと思ったら白だった。

泰雅は静かに、頬に涙を伝わらせていた。

「……You must believe in Spring and love」

流伽は始まったときと同じように穏やかに歌い終えた。

すべての演奏が終わると、アンコールの手拍子が止まなかった。そこでも流伽はジャズを弾いた。「Spring Is Here」という曲だと白が教えてくれた。

その後、小庭の店内でささやかな打ち上げ会をした。

僕と白は泰雅の父、西藤峯尾氏に挨拶しに行き、僕は彼に、泰雅と一緒にケーク・サレを焼いたのだと話した。

「そうなんですか！」と彼は非常に驚いて、傍らで照れくさそうにしている泰雅に向かって、「器用なんだな。旨かったぞ」と感心した。

勝手に想像していたより、ずっと好い人っぽい。

「今日は流伽をほめてあげてよ」

「もちろんだとも！」

会話を始めた親子のそばから、僕と白はそっと離れた。

「素敵な夜だ」と白が言った。「しかしながら、あれは惣菜《そうざい》パンだな。ケーキは甘くあるべきだと私は思うぞ？」

怨霊

1

全国的にお盆といえば新暦の八月十三日から十六日の四日間とされているが、東京や沖縄など、七月にお盆を行う地方もある。

盂蘭盆会《うらぼんえ》の行事は七月十三日から十六日に営むものと昔からきまっていたのに、急に明治政府が改暦したために、こうした混乱が生じた。暦の上での日付にこだわりつづけた派と、新暦に合わせて日程をずらした派に分かれてしまったわけである。

東京は前者で、七月半ばにお盆を迎える。旧暦時代の日付にこだわった結果だ。

もっとも、圧倒的多数が支持する全国の八月盆勢力に押されて、近頃では東京でも八月のお盆が常識と化しつつある。

「うちは七月。叔母が信心してる寺の盂蘭盆会も七月十三日だから、とうぶん変えないぞ。

東京者の意地を張らせろ」

白《つくも》がこう主張するので、どうせだから伝統を重んじあげようと考えて、今日の朝食は精《しょう》進《じん》料理にしてみた。スマホで検索してみたところ、肉や魚は殺生に通じるから禁止、「五《ご》辛《しん》」と呼ばれる辛味《からみ》や臭いがあるニラやネギ、ニンニクなどの香味野菜も禁止と、なかなか手ごわい。

「お麩《ふ》と青のりのお吸い物がちょいと薄口で、甘じょっぱい焼き豆腐に合いますねえ」

「よかった。物足りないかもしれないと思って照り焼き風の豆腐ステーキにしたんだ」

「これは私も許容範囲だが、ネギと生姜《しょうが》を添えてもらいたかったな」

「正式な精進料理だと、そういうのもダメらしいですよ？　ところで、僕は宵坂《よいざか》家の人間じゃないのに、玄関に白提灯《しろちょうちん》なんか下げていいんでしょうか？」

僕は一昨年の七月十三日に家族全員を交通事故で亡くしている。

今年のお盆は、この家で僕が初めて迎えるお盆だから、玄関に白い提灯を掲げるべきだと主張したのは白だ。

「君の家が、ここ以外にあるのか？　ない！　他に家族がいるのか？　いない！　だったら、こうするしかないじゃないか？」

「……白さんが、仏教信者だとは知りませんでしたよ」

「誰が信者だ！　毎朝仏壇に手を合わせるわけでなし、南無阿弥陀仏《なむあみだぶつ》と唱えるのは法事のときだけだぞ」

そういえば僕が使わせてもらっている四畳半の和室に仏壇があるが、扉が開いているところを、これまで見たことがなかった。

昨日、つまり七月十二日の朝になって、にわかに白が部屋に押しかけてきて、その扉を開けたので驚いたばかりだ。ひとしきり点検して、「明日は盆の入りだからホコリを払って隅々まで拭いておくように」と命令されてから仏壇を掃除したのだが、抽斗《ひきだし》に入っていた線香もロウソクも、十年以上前に購入した買い置きがまだ残っている始末だった。

屋敷神のイナリには毎日お供えをしているので、扱いがずいぶん違う。

「私は神や仏が存在することを知っているから、神を畏れるし死者と祈りに敬意を払うが、どの宗教の信者でもないよ。精霊棚や提灯は、身近な死霊と私たちが共有する文化だ。別の文化圏で育った死者には通じないが、我が家の先祖は仏教徒だったからな。……八王子《はちおうじ》も、この期間に盆を行う家が多い地域だと聞いている」

だんだん慣れてきたが、白は、なんだかんだ言って優しくて、お節介《つ》を焼きたがる。

僕は白の親切を受けとめて、今朝早く、白い提灯を玄関の軒下に吊るした。

本当の初盆は去年だったけれど、給料の不払いやら何やらで苦労していた頃だから、きっと僕はちゃんと迎えられなかったに違いない。

朝食後には、精霊棚の供え物を用意した。

僕が仏さま用のご馳走《ちそう》を準備する間に、留吉《とめきち》とイナリは、台所でキュウリの馬とナスの牛を作った。

留吉は丁髷《ちょんまげ》を結って麻木綿の単衣《ひとえ》に前掛け、イナリは目の覚めるような鮮やかなオレンジ色のサマードレスと、格好はちぐはぐだが、きょうだいのような景色で微笑ましい。

もっとも、イナリはぶつくさ文句を言いながら作業していたが。

「かれこれ二世紀経《た》つけど、いっこうに上達しないから手伝ってあげるのよ？」

「あいすみません。てまえは永遠のじっさい児なんで、手先があんまし器用にならねえんで」

「私が神通力で作ればいいのにって、そこのデクノボウは思ってるようね？」

矛先を向けられたので、「ちょっと考えましたよ。イナリさんなら魔法で出せちゃうなって」と応えた。

「ところがどっこい、そういうことには神の力は使えないの。ママに叱られちゃうから！」

「ママ？　イナリさんには、お母さんがいるんですか？」

イナリは完成した馬と牛を盆に載せて運びながら僕に応えて「船光稲荷神社《ふなみついなり》」と言った。

「聞き覚えがあるでしょ？　オオムカデたちを諏訪《すわ》大社の山に戻したときに……」

「ああ！　フナミツとか、何かそんなことをおっしゃっていたような気がします」

彼女は、この近くにある船光稲荷神社という古い神社から分霊してもらった屋敷神であるとのことだった。件《くだん》の神社は一八世紀の中頃に、界隈《かいわい》に住んでいた渋谷《しぶや》長者が京都の伏見《ふしみ》稲荷大社から勧請《かんじょう》して創建したのだという。

僕の部屋の折り畳み式の卓袱台《ちゃぶだい》に白い布を敷いて、昨日スーパーマーケットで買ってきた青竹を四隅に立て、扉を開けた仏壇の前に据えて精霊棚にした。

すでに僕が白の指図に従って昨日から花や果物を飾って体裁を整えている。そこにイナリとキュウリやナスの精霊馬を並べた。

「むかぁしむかし、その昔、渋谷長者が盛んだった頃には、ママの足もとには千石船の船着き場があって、広大な海を臨んでいたんですって。渋谷長者は、長者丸《ちょうじゃまる》という立派な船の船主だったの。嵐で長者丸が沈みそうになったとき、ママが五色の光を放って嵐を鎮めて多くの人々を救ったから、ママのお社は土地神として末永く大事にされてきたのよ」

「この近くですか？　本当に？　海がある品川《しながわ》やお台場《だいば》は何キロも先ですよ？」

「昔の海は広かったの！　ここ離青山《はなあおやま》のそばに、大きな入り江があったのよ。海原を越えた遙《はる》か遠くに水平線が見えたものよ。……さあ、できた。叶井《かない》のお陰で例年より精霊棚の出来が良いわ」

初めて名前を呼ばれて僕はびっくりした。

イナリには今までもっぱら「おまえ」と呼ばれてきた。さっきは「デクノボウ」だ。

「ここで家族の御霊《みたま》を迎えるんでしょう？　叶井も家族の一員よ。民草はお盆を仏教行事と思っているけれど、日本固有の神道の先祖祀《まつ》りが基になっているのよ。結界を解いてお迎えするわ。……して、父母と妹御の位牌《いはい》はどこ？　どうせ仏式だったんでしょ？　今どきの民は、ほとんどそうだから」

「いえ、それが位牌がないんです。お墓も、どこにあるのかわかりません」

僕がそう答えると、その場の空気がピリピリと静電気を帯びた。

急に瞳を金色に変じさせて「なんとしたこと！」と彼女は怒気をはらんだ声で僕を叱りつけた。「白も白じゃ！　叶井が来てから何ヶ月もあったというのに、何をボンヤリしておったのか！」

2

「いやぁ、少しも意外ではないが私は売れっ子だから日々の仕事に追われてしまって」

そう白が弁解すると、イナリは「言い訳にならない」と突っぱねた。

「白提灯を飾っておるから、当然、叶井の死んだ家族の御霊を真面目に迎えるつもりかと思えば、このていたらく！　ほうけ者めが！」

「まあまあ、イナリよ、鎮まってくれ。叶井くんの家族はお迎えする予定だよ。ときに叶井くん、銀行の預金通帳を持ってきなさい」

「……何をたわけたことを！　銀行と位牌になんの関係がある！」

「いいや。これが、たぶん大ありなんだなぁ。叶井くん、早くしなさい！」

銀行の預金通帳は白に発見されたときから変えず、白にお給料を振り込んでもらうたびに一応、記帳はしているが、光熱費や家賃が引き落とされるわけでもなく、クレジットカードも使わないので、記憶を失って以来、きちんと見たことがない。

何が何だかわからなかったが素直に持ってきて彼に差し出すと――。

「ほら、ここを見てごらん！」

通帳のページを捲《めく》っていた手をピタリと止めて、とある一ヶ所を白が指差した。

昨年と一昨年、二年連続で七月末日に《公益財団法人東京都公園協会本社霊園課》によって《霊園管理料》五四四〇円が自動的に引き落とされていた。

「さらに、ここだ。二年前の八月から毎月、十万円ずつ三回もクレジットカード会社に引き落とされている。分割支払いのようだな。計三十万円は、叶井くんにしては驚くべき大出費だ。さらに前後して一万円を超える現金を何度か引き出している」

たしかに、約二年前のその時期だけ、僕はやたらとお金を使っていた。

「つまり、この時期で、こんなふうに金が掛かることと言ったら、家族のお弔い以外に考えられないじゃないか？　事故が一昨年の七月十三日で、三人の検死が行われたことや、叶井くんも無傷だったとはいえ精神的なショックが大きかったであろうことを考えると、事故から葬儀までの三週間弱のタイムラグは自然だと思う」

白はクレジットカードで支払ったのは、読経代と戒名費用だろうと推理した。

「寺で三人分の戒名をお願いすると、ふつうはもっとお布施が高直になる。叔母が檀信徒《だんしんと》になっている浄土宗《じょうどしゅう》だと、いちばん安い戒名でも数万円はするようだ。読経代も、通夜から火葬まで頼めば二十万円は下らない。すると合計三十万円では足りない。一方、葬儀社や一部自治体の格安プランならトータルで二十万円を切るところもある。そう考えると、叶井家と縁の深い寺があったがために、叶井くんは身の丈に合った格安プランではなく、多少無理をしてでも、その寺に葬式を頼んだ。だから寺の方でも特別な計らいで、安く引き受けてくれたんじゃないかと私は思うんだ」

さっそく、クレジットカード会社に電話で問い合わせて該当する日付の支払先を調べてもらったところ、はたして白の言ったとおりに二年前の七月三十一日に分割払いの取引をした相手として、《波奈《はな》青山瀧川山圓暁寺《あおやまたきがわさんえんしょうじ》》という仏教寺院らしき名称が上がってきた。

推理が的中したわけだから、いつもの白なら鼻高々になりそうなところである。

ところが、彼は鳩《はと》が豆鉄砲を喰《く》らったような驚愕《きょうがく》の面持ちになると、「そんなバカな！」と叫んだ。

「信じられない！　私は、こういうのは大嫌いだ！」

「どうして？　いったい何が気に入らないんです？」

「……だって、圓暁寺だぞ？」

「ええ、ですから、そこに問い合わせたら、いろんなことがわかりそうですよね？」

「墓の所在地はもう明らかだ！　つまり、叶井家の墓は青山霊園にある！」

今度は僕が驚いた。そばで話を聞いていた留吉もびっくりしている。

イナリだけが「圓暁寺と縁があるなら間違いないわね」と得心したようにつぶやいた。

「どういうことですか？」と白に訊《たず》ねると、

「つまり圓暁寺は青山霊園のすぐそばにあって、なおかつ、叔母が護持会《ごじかい》に入っている寺なんだ！」と答えた。

するとイナリが「白が護持会費をケチってやめちゃうまでは、宵坂家は代々、圓暁寺の檀家だったの。今も、十《ひさし》の義妹の紫乃《しの》が檀信徒になってるけど」と言った。

「宵坂家の墓もないのに護持会費だけ毎年払うのもなぁ」と白がボヤいたが、イナリは続けて説明した。

「その昔、圓暁寺は離青山一帯の武家の菩提《ぼだい》を弔ってきたお寺だったの。波奈青山という のは〝離〟という字があまり縁起が良くないので、江戸時代までは〝波奈〟という万葉仮名を当てることが多かった名残よ。この地域の古刹ね。だけど宵坂家はお琴《こと》の事件のせいで改易寸前になったでしょ？　そのため檀家衆の中で肩身が狭くなったのね。だから明治政府が青山墓地を拓《ひら》くと、圓暁寺にあった代々のお墓をすぐそっちに移した。でも昔からの付き合いがあるから、檀家ではありつづけたというわけ」

「そして圓暁寺は都立青山霊園に隣接している」と白がイナリの解説の後を引き取った。

「叶井くんの通帳に、公益財団法人東京都公園協会本社霊園課っていう名称が記載されてたろ？　あれは都立霊園の担当部署なんだ。つまり、だから叶井家の墓は東京都内に五つある都立霊園のどこかにあり、そして圓暁寺に法事を頼んでいるということは、叶井くんと私の家は九割九分九厘、同じ青山霊園に代々の墓があるってわけだ。嫌だなぁ！」

白はモジャモジャ頭を掻《か》きむしって悶《もだ》えている。なぜそんなに嫌なのか、僕は少し不愉快にも感じたけれど、それについては留吉とイナリの話で納得できた。

「白さんは、因縁《いんねん》ある場所に呼び寄せられる怪談をありがちすぎると言って軽蔑しておりやす」

「バカらしい。怪談実話でそういう話が多くなるのは当然でしょ！　だって人間が人ならざる存在に導かれることは実際に珍しくないんだもの。これで叶井の石の正体も、だいたい見当がついたわね。あれは墓石の一部でしょう。叶井は青山霊園に眠る家族の霊に呼ばれたんだわ。……で、お墓の近所に住むオジサンが都合よく使われたのよ」

「誰がオジサンだ！」と白が嚙《か》みついた。

「だから〝呼ばれた系〟は嫌いなんだ。しかし、我が好奇心は常に嫌悪感に勝る。さっそく圓暁寺に行ってみよう！　つまり、十時に出発だ！」

ずいぶん急だ。朝からお盆の支度をしていたせいで、午前十時まで、あと三十分ぐらいしかない。

「今日は午前十一時から圓暁寺で盂蘭盆会法要が予定されていて、叔母が参加するんだ。だから先に叔母の家に立ち寄って、できれば三人で行こう。予約が必要で檀信徒限定だが、私は住職と少し面識があるし、家族ってことで入れてもらえるだろう。叶井くんについては、こんなに若くして家族全員いっぺんに亡くした喪主は珍しいから、住職が君を憶えている可能性も高い。全生活史健忘に陥る前に会ったことがある人だ。ワクワクしないか？」

指摘されて目が覚めたように感じた。

「ワクワクというのはどうかと思いますが、たしかにそうですね。ご住職からお話をうかがいたいです」

「さすがに今日は忙しすぎて無理だろう。まずはアポイントメントを取らせてもらって後日うかがおう。叶井くんの通帳には圓暁寺が護持会費を引き落とした形跡がないから、君自身は檀家にはなっていないが両親や祖父母はどうだったか、寺に記録があるかもしれない。墓の方にも叶井家について、何らかの記録が残っているはずだ。お寺の後で青山霊園に立ち寄って、管理事務所で確認しよう」

「叶井は例の石を持って行きなさい。念のために今日は私もついていく。白を護《まも》らなきゃ！」

「では、てまえはお留守番ですね。今年も十《ひさし》さんがいらっしゃると思いやす。他の皆さんは転生されたのか、おいでになりやせんが」

「十さんって、白さんのお父さんだね？」

「はい、さようで。仏さまになってからは、また仲良くおしゃべりができるようになったので、てまえは毎年、十さんに逢《あ》うのが愉《たの》しみなんでさ。ところで、お二人はお着替えなさらなくちゃいけませんね。ぱじゃまやじゃーじでお寺さんへは行くのは如何なもので？」

お墓にも行くと決まったせいで、僕はふと思い出した。

「そうだ。今日は西藤《さいとう》家の皆さんもいらっしゃるんですか？」

白に訊ねると、「泰雅《たいが》と流伽《るか》は、まだ学校がある」と彼は答えた。

東永《とうえい》学園は新年度から泰雅の学年の通常授業を再開し、流伽は留年してしまったが、以前よりたくましくなり、プレッシャーに負けずに通学しているという。

泰雅はあいかわらず優等生で、紅子《べにこ》の胃癌《いがん》は予後が良く、あれから約四ヶ月が経った今では手術前より元気になったと聞いている。

「十六日が土曜日だから、盆送りの日にきっと来るよ。みんなで苧殻《おがら》を焚《た》こう」

3

いきなり僕と白が訪ねたとき、紫乃は、すでにシックな黒いサマースーツに着替えてメイクも済ませ、出掛ける準備を整えていた。

「来る前に連絡しなさいよ！」と白を叱って、頭の天辺《てっぺん》から爪先まで、彼の全身を眺めまわした。鼠色《ねずみいろ》をした紗《しゃ》の色喪服を着ていたので、皆まで言わずとも察しがついたようだ。

「圓暁寺の盂蘭盆会に行きたいの？　叶井さんを連れて？」

僕は、石を持ち歩くためにショルダーバッグを斜め掛けしてきた。そして手持ちの一枚しかない白いシャツに黒いズボンを着てきたところ、なんだか夏の制服を着た高校生みたいになってしまった。カジュアルな服を着ているいつもの僕を知っている紫乃なら、絶対に不自然に感じるはずだ。つまり僕らの目論見は一目瞭然なのだった。

「白くんはともかく、叶井さんは入れないかもしれないわ」と紫乃が言うと、白がこうなった経緯を玄関に立ったまま手短に説明した。

紫乃は驚き、「そういうことなら」と応えて、僕たちを伴って行くことに同意した。

道々、紫乃から圓暁寺の住職についてレクチャーを受けた。住職についてはイナリから何も聞かされていないので助かる。イナリは、といえば、白猫に化けて僕たちの後ろについてきていた。

「ご住職は石井瑞俊《いしいずいしゅん》さまという正僧正《じょうそうじょう》で、とっても偉い方だから、失礼のないようにね。今日はお忙しいでしょうから、ご挨拶できるかどうかわからないけど」

「あれ？　叔母さんはいつだったか、世俗的すぎると悪口を言ってなかったっけ？」

「それは瑞俊さまのご長男の瑞達《ずいたつ》さまのことよ！　……でも、生きてこその世の中だもの。跡継ぎさんがしっかりお金を稼いでるのは良いことね。陰口を言うべきじゃなかった」

お寺に着いてみると、非常にモダンなビルだったので、跡継ぎの和尚さんのセンスだろうかと邪推したくなった。外観はお寺らしくないが、建物の中に入るとそうでもない。

受付で紫乃は圓暁寺から送られてきたハガキを提出した。檀信徒に送られてきたハガキらしい。これが無いと通してもらえないのだろう。

「そちらの方は？」と受付係に視線を向けられると、白は名刺を渡して「以前こちらでお世話になっておりました宵坂白です。この紫乃の甥《おい》で、ご住職の瑞俊さまと面識があります」と名乗った。

少々お待ちを、と、受付係は奥へ引っ込んでしまった。

「やっぱり無理かなぁ」と白が頭を掻いた。「どうせなら『宵坂家・第十四代当主』と言うべきだったかな？」

「よけいに怪しまれると思うわ」

受付がある寺のロビーは天井が高く、竹の植栽などもあしらわれた開放感が溢《あふ》れる空間だった。ここまでは土足で入れるために、待ち合わせをする檀家衆でにぎわっている。盂蘭盆会が始まるまであと十五分ばかりとあって、ロビーの端の通路を行き交う僧侶たちの姿も見えた。

会に参加する信徒さんは老人ばかりで、僕と白はひどく浮いているに違いなかった。

「お通ししてほしいとのことです。そちらの方も」

小走りに戻ってきた受付係にこう言われて、僕は「ありがとうございます」と応えながら、違和感を覚えていた。

「白さん、僕はまだ名乗っていませんでしたよ？　変ですよね？」

並んで下駄箱に靴を入れながら、白に問いかけると、彼は「つまり、考えられることはひとつ！」と答えた。

「ついさっき、正僧正さまがロビーにいる君を見かけたのさ！」

白の考えでは、住職が僕について忘れがたく思っていて、チラッと見かけただけでも人混みの中から僕の顔を見分けたのだろう、と。

「え～？　ありえますかねぇ。僕がロビーにいたのは、せいぜい五分ぐらいですよ？」

「むしろ他の可能性が想像できないだろ？　きっとご住職は、一年近く前に交通事故で家族全員を亡くした青年をずっと案じていらっしゃったんだよ。そんなエピソードは凡人でも忘れがたいが、ましてや瑞俊さまは人格者として知られた御仁だもの。もしかすると、住職にお目通りが叶《かな》うかもしれないぞ！」

圓暁寺の盂蘭盆会法要は年一回、毎年七月十三日に行われるという。感染症の流行や大型台風などの天災に見舞われたときでも、インターネットのオンライン開催に切り替えるだけで、延期も中止もしない。

紫乃によれば、開催を心待ちにしている檀信徒も多いとのこと。式次第によれば、法要の後に〝御斎《おとき》〟といって精進料理の弁当を参加者全員で囲む会があるそうだ。

「近在のご老人にとっては、お友だちと顔を合わせる好《よ》い機会なのよ。あれがご住職の瑞俊さま。見覚えがある？」

隣に座った紫乃がこそこそと話しかけてきた。

僕たち三人は、本堂のいちばん後ろの列で折り畳み式の椅子に並んで座っていた。

「いいえ。全然思い出せません」

瑞俊住職は赤い衣に重々しい金襴《きんらん》の袈裟《けさ》を掛けて、頭にも袈裟と同じような布でできた大きな被り物をしていた。七十代か八十代か、高齢に違いない。鶴のように痩せた老人だが、背筋がピンと伸び、眼鏡の奥の双眸《そうぼう》が明るく輝いている。

瑞俊住職の他にも数人の僧侶が現れて、次々に持ち場についた。中央が住職で、年若い僧が左右に控えているのは、住職の補佐を務めるためのようだ。住職の斜め後ろの左右にも頭巾を被った僧がいて、右側のお坊さんを指して、紫乃が「あれが跡取り息子さん」と教えてくれた。父親とは対照的にとても恰幅《かっぷく》のいい人で、四、五十代ぐらいだろう。

他にも奥の方に二人の僧がいて、金色の阿弥陀如来像を飾った祭壇は煌《きら》びやかではあるし、僧侶全員が定位置についたときには、見応えがある華々しい景色となった。

「奥の方にいっぱい立ててあるのが新しい卒塔婆《そとば》。うちのお父さんのもあるわ」

紫乃の夫で白の叔父という男性も、十年前に五十代で病没している。

さっき白が「宵坂家・第一四代当主」と半ば冗談で言っていたが、よく考えると、宵坂家の血筋を引く宵坂姓の人間はこの世に白しか存在しない。白の年齢――いまだにはっきりと教えてもらってないが、たぶん四捨五入すると五十になる四十代後半――を考慮すると、宵坂家は断絶の危機にさらされていると言ってよい。

お琴は、自分が夫を二人殺した悪行への天罰で、宵坂家の男は早死にする傾向があるのではないかと述べていたが、それが本当なら一種の祟《たた》りだ。

他人事ではない。僕自身も最後の生き残りだ。父方、母方ともに親族全員が亡くなっている旨、交通事故の折に警察で確認済みだと聞いている。

――叶井家も何かに祟られている？

横から白が話しかけてきた。「お経について解説してやろうか？」

「白くん。静かにして。叶井さん、わからなければ心で聴いて、皆さんと一緒に南無阿弥陀仏と唱えていればいいんですよ」

受付で貰《もら》った式次第を見ると、法要のところに、香偈《こうげ》・三宝礼《さんぼうらい》・三奉請《さんぶじょう》・懺悔《さんげ》偈《げ》・十《じゅう》念《ねん》・破地獄偈《はじごくげ》……と、二十二種類ものお経の名前が並んでいた。

「三回も『十念』というのが入ってますね。途中に二回、最後に一回」

「十念は『我が名を唱える者は誰しも極楽浄土に救う』という阿弥陀さまの御言葉を信じて南無阿弥陀仏を十ぺん唱えるお経だよ。『なむあみだぶ』と八回繰り返したら九回目だけ『なむあみだぶつ』と言って、最後はまた『なむあみだぶ』だ。このお経だけは、みんなで唱和する。叶井くんも一緒に唱えてごらん」

そうこうするうち、ようやく圓暁寺の盂蘭盆会法要が始まった。

瑞俊住職の声は深く、老齢を感じさせない艶と張りがあって、耳に心地良かった。

お経を聴くうちに、白と出逢《であ》ってから関わった死者たちの顔が次々に頭に浮かんだ。

八王子《はちおうじ》城跡の横地《よこち》堅物《けんもつ》や比佐御前《ひさごぜん》。カーサ・セグレタの猪上昭壱《いのがみしょういち》。ソワレ青山ビルにいた円藤香耶《えんどうかや》。病院で遭ったニット帽の少女と顔が焼けただれた青年。宵坂琴と留吉。

猪上昭壱は、光の球になって昇っていった。

円藤香耶は幼い女の子になって、霊的な青山霊園の夢の中へと駆けていった。

ニット帽の少女は葬儀社が彼女の遺体を移動させる直前で、「もう戻らなくちゃいけないんです」と言っていた。

土地に縛られた宵坂琴と留吉は、それなりに楽しそうにやっている。

ことに留吉は、死んでからの方が幸せだと明言している。

——我が名を唱える者は誰しも極楽浄土に救う？

留吉の極楽浄土は、僕たちがいるこの世のように思えてならない。

「我昔所造諸悪業、皆由無始貪瞋痴、従身語意之所生、一切我今皆懺悔……南無阿弥陀仏、南無阿弥陀仏、南無阿弥陀仏……」

最初の『十念』が始まり、みんなが一斉に唱和しはじめた。紫乃はもとより、日頃バチ当たりな言動が多い白までもが厳かな面持ちで唱えている。

そこで僕も南無阿弥陀仏を口にしてみた。繰り返し、繰り返し。

九回目で「なむあみだぶつ」と言ったときに、膝に温かさを感じた。バッグの中で石が熱を帯びはじめたのだと気づき、白に伝えたかったが、この唱和の輪は乱せないと感じた。

「……南無阿弥陀仏」

十念が終わった。と思いきや、間を置かずに次の『破地獄喝』が始まった。

「若人欲了知、三世一切仏、応観法界性、一切唯心造」

石はどんどん熱くなり、火傷しそうな気がしてきた僕は、バッグごと石を胸に抱いた。

白が静かにこちらを振り向いたのがわかった。

気遣う表情だ。思えば彼は、しょっちゅうこんな顔をしていた。口の悪さや我儘《わがまま》な振る舞いに目くらましされて、気づけないことも多いけれど。

「大丈夫か？」

唇だけで問われた質問に、うなずいて返した。

読経の間、石は熱を発しつづけ、瑞俊住職の声がやむと冷めていったが、最後まで人肌のぬくもりが残った。


「さっきはどうした？」

法要が終わって御斎の会場へ向かう際に、さっそく白が訊ねてきた。

「石が熱くなって……」と僕は事の次第を説明した。

そばで聞いていた紫乃が、「心配ね。変なことが起きたら、お念仏を唱えるといいのよ」と言った。

「さすが檀信徒！」と白が混ぜっ返す。

「……どうして白くんは真面目になれないの？」

「心外だな。私はだいたいおおよそクソ真面目なようなつもりでいることの方が多い。それより弁当は足りるんだろうか？　叶井くんの分は予約してないからなぁ」

「あなたの分もでしょ？ 平気よ。こういう行事のときは、少し多めに頼んでおくものだから。キャンセルした人もいるでしょう」

紫乃の言ったとおりで、精進料理の弁当は白と僕にも配られた。

彩りが美しい仕出し弁当でたいへん美味しくいただいたが——。

「遠いな」と白が指摘した。

住職と僕たちの席は、うんと離れていたのである。二〇〇人ぐらい、あるいはもっといそうな来客の中で、住職からもっとも遠い位置に座らされたようだ。

「食事中に話すのは無理だ。……つまり、狙うなら帰りがけに突撃するしかない！」

「ちょっと白くん！ ご住職に対して狙うだの突撃するだの、とんでもないわ！」

「あるいは先に寺の職員に相談するか？ こんなに立派な寺なんだから、名簿や出納を管理してる事務員さんがいるに決まってる。そこを訪ねて行って、『一昨年の夏に三十万円ばかり納めた者なんですけど』と言ってみるのはどうだろう？」

「もっと婉曲《えんきょく》に言わないとダメよ！」

「大丈夫だよ、うまくやるから！ で、叶井くんは喰い終わったか？」

「はい」

「じゃあ、叔母さん。私たちはちょっと失礼するよ。また後でね」

4

寺の事務員は派遣社員だった。親切そうな女性で、笑顔のまま永久に刻みつけられたような目尻の皺《しわ》が印象的だ。今日出勤している事務員は彼女だけだという。

「もう一人ベテランの事務がいるんですが夏風邪で休んでいて、ハイ。私は派遣で、こちらは先々月からなんですけど、ハイ。日付やお名前がわかれば、記録をお探しすることはできますよ。個人情報なので、ご本人かどうか確認させていただく必要がありますが」

僕は運転免許証を彼女に見せた。そして引き落としのあった日付と僕のフルネームを伝えると、彼女はパチパチとパソコンのキーボードを打って、この寺のデータベースを検索してくれた。

「カナイハルト、さま……ハイ、たしかに、こちらにお見えになってますね！」

やはり僕は、この寺に家族三人の弔いをお願いしていた。三十万円の内訳が読経料と戒名代という白の予測も合っていた。

しかし事務員には「一昨年《おととし》ですよ？」と怪訝《けげん》な顔をされてしまった。

僕が言い訳をする前に、白が「そうですよねぇ、たった二年前のことを憶えていないわけがないですよねぇ？　それがですね」と勝手に代弁を買って出た。

「こちらの叶井くんは、なんと、記憶喪失なんです！」

「えっ、本当に？　あ、いえ、疑うわけじゃないんですけど」

「わかりますよ〜。記憶喪失の人間なんてUMA並みに珍しいですから、驚かれるのは無理もありません。しかも家族全員亡くなってしまったんです！」

「まあ！　お悔やみ申し上げます」

「天涯孤独で知り合いの顔も全部忘れたという悲惨な状況です。それがですね、今日の法要に参加したところ、ご住職が彼の顔を憶えていらっしゃったようなんですよ！」

──よくもまあ、不確かなことをツルツルと口に出せるものだと僕は内心舌を巻きながら、彼の横でウンウンとうなずいてみせた。

「ご住職がこんな若造の顔を知っていらっしゃるということは、この叶井くんの亡くなった家族がこちらと御縁があったに違いありません。そこで相談なんですけど、名簿を検索するなどして、もう少し調べられますか？　たとえば叶井家が檀家だったかどうかとか？」

「ハイ、それは簡単だと思います。叶井という苗字《みょうじ》は比較的珍しい方なので」

再びパチパチ……。「わかりました！　叶井生馬《いくま》さまが昭和四十五年に、叶井篤朗《あつろう》さまが二年前に、それぞれ護持会に入られていましたが、どちらもお亡くなりになってます。生馬さまは篤朗さまのご尊父で、篤朗さまはこちらの晴翔《はると》さまのお父さまですね」

「へえ。そんなことまでデータ化してるんですね！　たいしたものだ」

「これからのお寺はこうじゃなきゃやっていけませんよ、ハイ。叶井篤朗さまについては備考欄に記入があります。『令和●年七月十三日ご家族（妻・一女）と事故により永眠。七月三十一日ご葬儀。喪主は遺児・叶井晴翔クン』……ご両親とごきょうだいを一度に亡くされて、叶井さまのご無念はいかばかりだったかと、お察し申し上げます」

「叶井くんに代わって感謝いたします。残念ながら彼は、記憶喪失のせいで、ご無念も何も、実感がないようなので。他にも、たとえば叶井篤朗さんの名前で検索できませんか？」

「それもすぐに……ハイ、直近では……あら？　ちょうど亡くなられた日に盂蘭盆会法要にご家族で参加されて、その後すぐに開眼式のご予約をされています。これにも備考欄に記入があります。『叶井生馬さまの一周忌を控えて、みなし墓を青山霊園の叶井家の墓に改葬するに伴い、開眼式をご予約された（九月五日）』と書《か》かれてますね」

　彼女は軽く首を傾げると、画面をスクロールして日付を先に進めた。

「こうした法事は一周忌などに日を合わせることが多いんです。一昨年の九月五日を見てみます。……当日の一ヶ月前、生馬さまのご一周忌も一緒に、晴翔さまがキャンセルされてます」

　キャンセルしたのが八月五日なら、家族の葬儀から一週間も経っていない。

「つまり、両親と妹を見送ったばかりで、それどころじゃなかったんだな」

白が、ちょうど僕が考えていたのと同じことを述べた。

「みなし墓というのは、合法的な個人墓だ。屋敷墓とも呼ぶ。なぜ青山霊園に墓所を確保したときに、それも一緒に移さなかったんだろう？　誰の墓か、わかりますか？」

「開眼式をキャンセルされてしまわれたので、こちらには記録がございません。霊園の管理事務所でお訊ねになることを勧めます」

「生馬さんの記録も見てもらえますか？」

「ハイ。……叶井生馬さまは毎年、盂蘭盆会法要に参加されてました。他にも春彼岸《はるひがん》法要、五月の大施餓鬼《だいせがき》会《え》法要、秋彼岸法要など、こちらで開催するほとんどの行事に、わざわざ八王子からお見えだったようです。熱心な檀信徒さんでいらっしゃったようですね」


「叶井晴翔くんですね？」


急に声が掛けられて、僕と白は同時に事務室の出入り口を振り向いた。

石井瑞俊住職がそこに立っていた。

「雪隠《せっちん》に行く振りをして、あなたを探しに来ました。見つかってよかった。あまり長居できないんですが、この椅子を借りて座ってもいいですか？」

事務員の女性が飛んでいって、椅子の背を支えた。

住職が椅子に腰を下ろすと、「ただ今お茶を！」と事務室の隅の流しの方へ走っていく。

「いりませんよ。すぐに戻らないと騒ぎになります。……晴翔くんが宵坂さんたちと一緒に来たので驚きました。ご家族全員を亡くされて、その後どうされたかと案じておったんですよ。今後の法要のこともあるから連絡しようとしたのですが『あて所に尋ねあたりません』というスタンプが捺《お》されてハガキが差し戻されてしまって、そのままになっておりました」

「家族が亡くなってからアパートに引っ越したようです」

「ようです？」

「変ですよね。僕、自分のことが思い出せないんです。いろいろあって自殺しかけて、ここにいる宵坂さんに助けられて命は無事だったんですが、記憶を失ってしまいました」

瑞俊住職の目が眼鏡の奥で円くなった。

「そうですか！　それでよくこの寺に辿《たど》り着けましたね。では、お祖父さんやお父さんのことも、忘れてしまったのですか？　お墓には参られましたか？」

「お墓が青山霊園にあることも、わかったばかりで……。これから行くつもりです」

「一昨年の秋頃に、改葬されたお墓の開眼式と生馬さんの一周忌をする予定でした」

「僕がキャンセルしてしまったそうですね」

「お葬式の直後で、無理もないと思いました。しかし、非常に心配しておりましたよ。生前の生馬さんから、こんな話を聞いておったのでね」

――住職が初めてその話を打ち明けられたのは、今からおよそ二十五年前、生馬が七十歳、住職自身は五十二歳のときだった。

生馬の老母が亡くなって四十九日法要を行った、その翌日のことだ。

午後、前触れなくふらりと寺を訪ねてきた生馬を驚きながら迎えたところ、自分以外、誰も知る者がなくなった罪があるので、どうか懺悔《ざんげ》させてほしいと言われた。

私で良ければ、と、住職は生馬を座敷に通して、茶を勧めながら話を聞いた。

初めは、ひとり息子が最近結婚したという話題から始まった。

法要を通じて住職はそのことをすでに知っていたので、少し訝《いぶか》しく思った。ご子息の妻という女性にも会っていた。夫婦はどちらも二十代と若く、たいへん初々《ういうい》しかった。

「お察しの通り、息子の篤朗は私が歳《とし》を取ってからできた子どもです。あれが生まれたとき私は四十五で、妻は四十でした。今ならともかく、あの時分に初産でその年齢……。妻は自宅で流産してしまいました」

「えっ？」と住職は訊《き》き返した。「流産とおっしゃいましたか？　では篤朗さんは？」

生馬は目を伏せて、「恥ずかしながら」と、ためらいながら言葉を繋《つな》いだ。

「当時、うちには母方の親戚筋から預かった若い女性がおりました。昔の八王子は絹織物が盛んな町で、その女性は織物工場に職を求めて参ったのです。両親を早くに亡くしたかわいそうな子で、学校の勉強に満足についていけなかったとか……。しかし手先がとても器用で、織物工場の織工は務まりましたし、炊事やお裁縫も得意でした」

家に来たときは、まだ十六歳の少女だった。自転車で工場に通って織工をしながら、家事も手伝っていたという。

「最初の頃は教えることも多くて、あれこれ面倒をみていたところ、妻が悋気《りんき》を起こして彼女に辛《つら》くあたりはじめ、健気に耐える姿がまた哀《あわ》れで、ますます親身になって相手をしてやる内に……私の娘と言ってもまったくおかしくない年齢だったにもかかわらず……何年かして、男女の関係になってしまったのです」

女性は当時二十歳そこそこで、名前は――。

「美柳凛音《みやぎりんね》といいました。どんな運命のいたずらか、彼女は妻とほとんど同時に身ごもり、そのお腹《なか》の子はすくすく成長していきました。妻の方はと言えば、流産したというのに、どんなに勧めても頑として病院に行かず、流れた赤子は私が目を離した隙にどこかにやってしまって……たぶん便所に捨てたのではないかと……」

異常だ。しかも彼の妻は、凛音を一度も産科に行かせなかった。

医者に診てもらいたければ、この家から出て行けと言っていたというのだ。

「他に行くあてのない子です。実家では虐《いじ》められていたようですし、よそから来て、町に知り合いも少なかった。思えば、妻は自分が子どもを無事に産めそうにないことを予感していたのでしょう。流産の前から、そう言って凛音を脅していましたから。お腹が目立つ前に織物工場を辞めさせたのも妻でした」

住職は生馬に、「あなたは、どうされたいと思っていたのですか?」と訊ねた。

ここまでの話では、彼の妻の恐ろしい計略は読めるような気がしたが、彼の意思はほとんど見えず、困惑していたのである。

しばらく生馬は沈黙した。

やがて、ポツリと——。

「妻と別れて凛音と再婚できたら、と」

「しかし、そうされませんでしたな」

「ええ。できませんでした。凛音が妊娠したことがわかると、同居している母が妻の味方になりました。母は強い人です。私の父は戦時中に鉄工所の事故で負った怪我が元で亡くなりました。そこで母は戦後すぐに実家の家業であった酒問屋を継いで、その頃はまだ店を切り盛りしていたのです。妻も、気が強いところが母に似ていました。うまく言えませんが、私は母と妻にはどうしても逆らえなかったのです」

——だから陰に隠れて、心優しい凛音に溺れた。

「何年も後になって、母は、ひょっとすると子どもを産ませるためにあの子を連れてきたのではないかと思いつきました。でも、そんな恐ろしいことを女性が考えるものでしょうか？　妻が凛音を産科へ行かせなかったのも母の入れ知恵で、二人がかりで凛音を嵌《は》めていたのだとしたら？　まさか私の家でそんな怖いことは起こるまいと思っていましたが」

彼が手をこまねいているうちに、凛音は自宅で産気づいた。

赤ん坊は、妻と母が二人で取り上げ、すぐに凛音から引き離した。

「妻は、その子を我が家の長男として役所に届け出て、健診を受けさせるために赤ん坊を病院に連れていくようになりました。一方、母は凛音をなだめにかかりました」

――ここは私たちに任せて、おとなしく言うことをききなさい。その方が赤ん坊もおまえも、幸せになれるよ。

「妻はかいがいしく赤ん坊の世話をしました。篤朗は私の母にもなついて、とても愛くるしく、血液型が私と同じで……。妻は柔和な顔を私に見せるようになり、夫婦の関係も改善しました。そこで、時が経つうちに私も母と同じ考えになっていったのです」

「凛音さんさえ黙って従ってくれたら、何も問題がないと？」

「……はい。しかし彼女は赤ん坊を恋しがって毎日泣いてばかりいて、ときどき半狂乱になって暴れるので、部屋に閉じ込めておくしかなく……。私は、次第にうんざりしはじめましてね、篤朗が生後三ヶ月の頃でしたか……つい、死ねばいいのにと……思ってしまった。もちろん思っただけで口に出して言ったわけではなかったんですよ？　でも……」

その夜、凛音は、咽喉《のど》を包丁で突いて自殺してしまった。家族が寝静まったのを見計らって、庭へ出て決行したのだった。

いつも早起きな母が、朝焼けの庭で、変わり果てた姿になった彼女を見つけた。

頸動脈から噴き出した血が辺り一面に飛び散っていたという。

「ベビーベッドで寝ていた赤ん坊の枕もとに遺書がありました。署名はありませんでしたが、つたない字から、凛音が書いたものだとわかりました」

《このコのコドモまでタタリコロします》

「あの子は落語が好きでラジオでよく聴いていましたから、怪談落語から祟りというものを覚えたのでしょう。昔の怪談にはときどき『七代までも祟り殺す』というセリフが出てきますから、あれを真似たのだと思います」

――住職は、そこまで話すと椅子から立ち上がった。

「よっこいしょ……と。さあ、もう戻らなければなりません！　生馬さんのお話は、これでほとんどおしまいです。生馬さんのお宅の庭には、合法的な個人墓地がありました。そこに凛音さんのお墓も建てた。すると今度は妻が急死した。そこで凛音さんのお墓だけ残して、他の墓はすべて移すことにしたのだとおっしゃってました」

僕の父は、多額の相続税を払うために、祖父から受け継いだ屋敷を売却しようと考えたのだろう。

だから、その下準備として、庭に取り残されていた墓を青山霊園に改葬したのだ。

生みの母が葬られているとも知らず。

しかし真実を知ったら、父や法律上の母や祖母を憎まずにいられただろうか？

自らの命をも、呪いたくなったのではないか？

「晴翔くん、なるべく近いうちにあなたの実のお祖母さんのお墓の開眼式をさせてください。お布施については何卒《なにとぞ》お気になさらず。……私が知る生馬さんは、日々を大切に生きる念仏者でした。絶えずお念仏を唱え、先祖の供養を欠かさず、あなたのお父さんたち家族を心から慈しんでいらっしゃいました。どうかそのことを忘れないであげてください。煩悩に満ちた罪深い者こそが救われなくてはならないんですよ」

5

圓暁寺の建物の外に出ると、猫に化けたイナリが足もとにすり寄ってきた。

「待たせたな」と白が声を掛けると、「誰が待つもんですか。ママに会ってきたわ」とイナリは応えたが、これは紫乃には聞こえない。

「あら、イナリちゃん！　こんなところをウロウロしてたら保健所に連れていかれちゃう。オバサンとおうちに帰りましょうねぇ」

抱きあげようとした腕からしなやかに逃げて、イナリは寺院の脇の小径を走っていった。

「仕方ない。追いかけていくとしよう。叔母さんはこの後どうするの？」

「墓参りは紅子たちが来てからでもいいかと思って。今日はもう帰るわ。イナリちゃんを早く見つけてあげて」

大通りを歩いていく紫乃を少し見送ってから、僕と白もイナリが行った小径に入った。

「紫乃さんは、猫のイナリさんが異常に長生きだとは思わないんでしょうか？」

「叔母の中では、あれは何代目かのイナリということになっている。イナリの方でも一五年に一回ぐらいのペースで仔猫《こねこ》の時期を作って、うまくごまかしてるよ」

この小径は青山霊園への近道だという。だから、さっき紫乃は咄嗟《とっさ》に墓参りについて話しだしたのかもしれない。圓暁寺の檀信徒の大半は寺の境内を墓参してから帰るようで、僕たちと同じ小径を辿る者はいなかった。車も通らず、寺の杜《もり》に棲《す》む蟬《せみ》たちの念仏が温《ぬる》い空気を掻きまわしていた。

——二、三分も歩いたろうか？　ほどなく青山霊園に到着した。霊園の真ん前にある花屋で供花用の花束と雑巾を買って、管理事務所に行くと、出入り口の前で猫のイナリが待っていた。

「暑いわね。さっさと叶井家のお墓を見つけて帰りましょうよ」

しかし、七月の午下《ひるさ》がりの煎《い》るような暑さは霊園に入るとたちまち涼しく解けた。緑が豊かなせいだろう。樹齢を感じさせる大木も多い。

木立ちの間をそぞろ歩く幽霊たちが発する冷気のせいかもしれないが。

「以前来たときほど怖がらないんだな」と白に指摘された。

「ええ。だんだん慣れてきました。それに、幽霊も結局、人なんですよね。幽霊だから怖いというものでもなくて……」

僕は瑞俊住職から聞いた、僕の本当の祖母、美柳凛音と彼女を取り巻いていた人々について考えていた。

祖父の叶井生馬。その母で僕にとっては曾祖母にあたる酒問屋を経営していた女性と、凛音の自殺後ほどなくして急死した生馬の妻。

住職によれば、後年の祖父は家族想《おも》いの人だったようだ。

僕の父、篤朗は母親のいない子どもとして育つしかなかったが、新婚時代の彼のようすを言い表すにあたり、住職は、影を感じさせない「初々しい」という言葉を用いていた。

曾祖母は、ずいぶん長生きだったみたいだ。彼女がしたことは恐ろしい。しかし、同時に愛のある人であってもらいたいと僕は願った。

父が愛された子どもでありますように。

なぜなら、その愛は僕にまで及んでいるに違いないから。

霊園管理事務所の中は冷房が効いていて、お盆は始まっていたが、平日のせいか空《す》いていた。僕たちはあまり待たずに、窓口カウンターの担当者に辿り着けた。

圓暁寺の事務室で、僕の記憶喪失について包み隠さず話してうまくいったので、こちらでは最初から「実は記憶喪失で……」と正直に話した。

そして、言われる前に運転免許証を見せた。

それでも僕ひとりでは怪しまれて放り出されたかもしれないが、白が付き添っている。

遠目には美少年風味の彼だが、近くで見れば僕の親でも通りそうなオジサンで、薄物の着物を着こなしており、差し出した名刺の住所はセレブの町と世間から誤解されている離青山で、職業は「怪談」の二文字が余計かもしれないが一応、作家。

窓口係は、すぐに信用してくれて、協力的な態度を示した。

「昭和四十五年から永代供養料を支払われている叶井さまですね？　一昨年によそからお墓を改葬して、ご家族のお弔いもされた？　納骨された日付はわかりますか？」

その日に納骨したかどうかはわからなかったが、とりあえず葬儀の日付――圓暁寺で戒名を書いてもらったりお経をあげてもらったりした一昨年の七月三十一日――を告げると、幸いすぐに結果が出て、係の人は霊園の地図をカウンターの上に置いて、赤いボールペンで小さなマルを描き入れた。さらに、端の空白に《●区■種●●》と書き込んだ。よく見ると地図にも区画ごとに数字が記入されている。

「これは叶井さまのお墓の番地です。頭の数字が地図に表記された区画番号で、■のカタカナなどは園内の標識と照らし合わせてください。……あと、すみません、あの猫が」

指さされた方を振り向くと、待合用のベンチにイナリが寝そべっていた。

「お客さまと一緒に入ってきたんですけど、建物内へのペットの持ち込みは禁止です」

「ペットというわけでは……。いえ、すみません」

「いえ。それから、二年前の改葬工事のときに業者のミスでご自宅から移設した竿石《さおいし》が欠けて、そのままになっているので、あらかじめお伝えしておきます。墓石の交換など、再び墓所を工事する場合は、こちらに届け出てください。お手続きは済んでおりますが、今後は叶井晴翔さまがお墓を引き継がれるということでよろしいんですよね？」

白が「彼は記憶喪失ですから」と口を出した。

「できれば、いつ何の手続きをしたか教えてやってくれると助かります」

その場で調べてもらったところ、納骨したその日に墓の名義変更と納骨手続きを済ませていた。

「叶井さまはお墓の使用許可証をお持ちですか？　記憶を失くされているそうですが、もしも紛失されていた場合は、再交付のお手続きが必要になります」

「あー、それについては少し待ってください。ところでバールを貸していただけませんか？」

僕と窓口係は同時にギョッとして「バール？」と声を揃《そろ》えて白に訊き返した。

彼は首を傾げて、「何か不思議なことでも？　納骨堂《カロート》を開けてみたいと思っただけなんだが」と応えた。

——白は墓地の納骨堂に墓地の使用許可証と家族の位牌がしまわれているのではないかと考えたのだった。

「だって君は一文無しの家なき子になってしまったわけだろう？　位牌をリュックに入れて持ち歩く趣味がなければ、お墓にしまっちゃうのがいちばん安全だ。つまり、そのときついでに使用許可証も入れたかもしれない」

「納得しました。スコップまで貸してもらっちゃいましたけど、必要なのかなぁ」

「簡単に開くようにはできていないだろう。頑張ってくれたまえ」

管理事務所で貰った地図と番地、通路の角ごとに立っている標識を頼りに叶井家の墓を探したところ、五分ほどで見つかった。

梵字《ぼんじ》が記された下に《叶井家先祖代々》と刻まれた黒い竿石が中央にあり、その斜め後ろに僕の背丈ぐらいもある青灰色の石が建てられていた。

後者は正面に《南無阿弥陀仏》と、やや雑にも見える無骨な文字が刻まれている。裏側に回ってみると、没年と戒名《清心慈音信女》、そして名前《美柳凛音》が同じ素朴な字形で彫り込まれていたのだが、配置のバランスがおかしくて、名前はうんと左端に寄っており、おまけに端が欠損していた——その部分の石が抉《えぐ》ったように失われているのだ。

「代々の墓の横にある墓誌には、美柳凛音さんの名前がない」と白が教えてくれた。

「哀れに思って後から竿石に彫りつけたように見えるな」

僕はショルダーバッグから例の石を急いで取り出した。驚いたことに、それはまだ人肌の温度を保っていた。美柳凛音の墓の欠損部分にそれをあてると、磁石が吸いつくように嵌まって外れなくなった。

「くっついちゃいましたよ」と言いながら白の方を振り向こうとしたとき、イナリが「危ない！」と叫んだ。だが驚く間もなく、頭に強い衝撃を受けて、僕は膝から崩れ落ちた。

6

——蟬しぐれが降りしきる午後、僕は八歳で、パラソルの日陰で青いボンボンベッドに寝そべっていた。そばに置いた蚊取り線香が放つ夏そのものの匂いとそよ風を愉しみながら、午前中に家族で行った市営プールの記憶を反芻《はんすう》した──楽しかったなぁ。初めて食べたホームランバーっていうアイスは本当に美味しかった。お父さんが「お！　懐かしいな。まだ売ってるのか！」って喜んでた。また食べたいなぁ。

うつらうつら、さっきまで読んでいたマンガ雑誌をお腹に乗せたまま眠りに落ちかけていたから、その人が現れたときは夢の中の出来事のように思って、警戒心も湧かず、ごく自然に受け容《い》れた。

「おとうさんはアツロー？」

急に話しかけられて、頭を起こして声のした方を向くと、優しそうな女の人がいて、おっとりと微笑みかけられた。

「ええ。オネエサンは誰ですか？」と僕はボンボンベッドの端に座り直しながら訊ねた。綺麗《きれい》な人だったので、少しドキドキした。目に痛いほど真っ白なブラウス。長い髪がそよ風にサラサラ揺れた。

「リンネ。ミヤギリンネ。……イクマのハカはどこ？」

「ハカ？　イクマってお祖父ちゃんの名前ですけど、今日はお祖父ちゃん、お寺に行ってて留守なんです」

「そうじゃない。ちがうよ。イクマはシんじゃった。アツローもコロしたよ？」

「お祖父ちゃんもお父さんも生きてるよ！」

怖くなって叫ぶと、彼女は庭の奥へスーッと歩いていった。

僕は後を追いかけた。お祖父ちゃんの家に遊びに来ても、薄暗いからあまり近づかない築山《つきやま》の裏に、青と灰色の真ん中みたいな色をした大きな石が立っていた。

女の人は石の前にひざまずいて、お祖父ちゃんが好きなお経を唱えはじめた。

「なむあみだぶなむあみだぶなむあみだぶなむあみだぶなむあみだぶなむあみだぶなむあみだぶ　ッ」


──石を前に、ひざまずいているのは女ではなく、男だ。

驟雨《しゅうう》に全身をさらして、ずぶ濡《ぬ》れになりながら石に当てた鑿《のみ》にハンマーを振りおろし、文字を刻んでいた。

よく見れば、男の手は血塗《ちまみ》れだ。慣れない石工の真似事をしたために傷つけたのだ。あえて素手で作業をしているところを見ると、彼は進んで痛みを受けたがっているようでもあった。すでに何万回唱えたかわからない念仏で声も嗄《しゃが》れている。それでもひび割れた唇は今も絶えず動いて、祈りの言葉を吐いている。

「南無阿弥陀仏南無阿弥陀仏南無阿弥陀仏南無阿弥陀仏南無阿弥陀仏……」

その姿を、二階の窓から見つめる女がいる。嫉妬に歪《ゆが》んだ顔で彼女は墓を睨《にら》む。その腕には愛した男の赤ん坊が抱かれて、眠っている。

やがて男が罪の名前を彫りあげる。そのとき女の心臓は動きを止める。

そして迎える最期のとき、女は、あの墓の主が遺した言葉を思い出すのだ。

——このコのコドモまでタタリコロします

「お父さん、この石、貰ってもいいかな？　天然石だよね？　部屋に飾りたい」

僕は墓地の隅に置かれていた青灰色の石を拾いあげた。

「お墓の石なんて薄気味悪いよ」と妹に言われたが気にせず、石をリュックに放り込んだ。

母が「欠けたままにしておくのもねぇ。ボンドでくっつけたらどうかしら」と墓石の凹みを撫《な》でながら父に話しかけた。

「雨ざらしだから、ボンドでつけたぐらいじゃすぐ取れちゃうよ。いいよ、気にしないで。欠けちゃったからって安くしてもらって、逆にありがたかった」

「お寺もお墓も、うちから遠いのが難ね」と母が言った。

父は少し遠い目をして、母に応えた。

「父さんはあまり話したがらなかったけど……。このお墓の女の人は、母さんと仲が悪かったんだって。だからお墓をうーんと引き離したかったみたいだよ。それと、さっき行った圓暁寺の住職さんと親しかったからだよ。当時お寺のお墓が空いてなかったから、ここを借りたと聞いてるよ。住職さん、感じの好い人だったじゃないか？」

「ええ。でも、あのご住職、この人にも毎日お念仏を唱えてあげてくださいっておっしゃってたわよ？ 毎日って、どうなの？ 法事のときにお得になる気がしたから護持会に入ったけど、念仏は特別なときだけにしない？」

「父さんは信心深くて、本当に年がら年中唱えてたなぁ。物心ついたときから僕もやらされたんだよ。朝なんか、お祖母ちゃんも一緒に一時間ぐらい仏壇の前で。父さんは、この墓石に向かっても毎日念仏を上げてたっけ」

僕は、自分のものにした石のことをちょっと想った。

「あの石、長年の祈りが染みこんでるんだね。お祖父ちゃんは誰かの冥福を願って念仏を唱えてたんだよね。このお墓だけ終生そばに置いてさ。そこにラブロマンスの気配を感じるのは僕だけ？」

「ラブロマンス！ お兄ちゃん、よくそういうことを恥ずかしげもなく言えるね？ ねえ、お父さん、お母さん、そろそろ帰ろうよ？ 蚊に刺されちゃった」

「そうだね。帰り道は晴翔が運転してくれるか？」

「いいよ。ちょっと待って。最後に、もう一回この人に手を合わせておく。……石をありがとうございます。大事にします。南無阿弥陀仏」

「アツローのコドモだからコロす」

「白、石を晴翔に持たせて！　早く！」

イナリの鋭い声で僕は意識を取り戻した。

「今、やろうとしてる。……おおっ！　叶井くん、気がついたか！　しっかりしろ！」

仰向けに横たわった姿勢から起き上がろうとすると、頭から首にかけて、やけに痛んだ。

特に頭頂部が激しく痛む。手で押さえるとその辺りがポッコリと膨らんでいた。

「スマン！　危うく殺すところだった！　私がスコップで殴ったんだ、この美柳凛音に操られた。叶井くん、こっちに来て、石に手をあてなさい！」

「私はママを呼んでくる！　私が離れてる間、絶対に石から手を離しちゃダメよ！」

僕は凛音の墓の、僕が戻した石に触れた。

「バールで外そうとしても、どうしても取れないんだ」と白が言った。

「何が起きたんですか？」

「君が石を墓石に嵌めると同時にわけがわからなくなった。気づいたらスコップを持って立ちすくんでいて、足もとに叶井くんが転がってた。イナリによると、頭をスコップでぶっ叩《たた》いたそうだ。……私がマウスより重いものを持たないモノカキで運が好かったな！」

イナリは船光稲荷神社に助けを求めに行ったようだ。彼女によれば、あの石が僕の命を護っていたのだという。

「だから私に石を外して叶井くんに持たせろと命令したわけだ。無理だった。イナリも凛音の念を鎮めようとしていたが、それも完全にはできなかった。たとえばだな、このバールをこう握ると……君の頭めがけて思いっきり振り下ろしたい衝動に駆られる……」

「冗談やめてくださ……わっ！」

本当に白に殴られそうになって飛びのいた。

バールが凛音の墓石に当たって火花を散らした。

石から手を離してしまったことに気づいたが、凛音の墓の前には、今や完全に正気を失くした白が、バールを片手に立ち塞がっていて——。

「凛音さん！」

彼の背中に美柳凛音の霊が覆いかぶさっていた。

「コロす」

「白さんから離れてください。どうしてそんなことをするんですか！」

凛音が答えた。

「コロすとチカってシんだから。トめるモノがナくなったから」

白が襲いかかってきた。眼球が反転して白目を剝《む》いている。

僕は彼から逃げ惑った。

代々の墓の墓誌にガキッとバールを打ち込んだ拍子に、白は反動に耐え切れずによろめいて、竿石に肩先を強打した。僕より先に重傷を負いそうである。

「こんな非力な人にやらせちゃダメですよ！　お願いだからやめてください！」

——最初に潮騒《しおさい》が聞こえてきた。

次に、オゾンと磯の香気をはらんだ潮風が辺りを涼しく薙《な》ぎ払うと、景色が一段明るんで、霊園の景色は消え、代わりに円《まど》かな入り江が顕《あらわ》れた。

遠浅の海岸を臨んで、僕は呆然《ぼうぜん》とした。

なんと澄んだ水だろうか。深く青い海原が、狭くなった入り江の口の外に果てしなく広がっている。

見渡す限り清浄な大気に満たされて、空と海とは遙《はる》かな水平線で結ばれていた。

そして静かな波打ち際に、緋色《ひいろ》の鳥居が高々とそびえている。

穢《けが》れたものの存在を赦《ゆる》さない潔癖さ。この世界はあくまでシンプルだ。

天蓋の高みから白髪の女が現れ、巫女装束を風にひるがえしつつ静かに鳥居の上に降り立つと、神の声で朗々と凛音に告げた。

「呪う者よ、とくと聞け！　その方《ほう》の怨みはすでに濯《そそ》がれたはず。よもやお忘れかえ？　己の肉を切り刻むが如《ごと》く石を刻み、ひたすらに鎮魂の祈りを捧げつづけた者のことを。海より深いその懺悔に免じて、そなた、彼《か》の罪を赦したのではなかったか！」

神の怒りに打たれて、凛音が砂浜にひれ伏した。

「ゴメンなさい！」

「無辜《むこ》の人々を殺《あや》めた罰として、この世に二度と戻れぬように、そちを西方《さいほう》へ連れて参る。さあ、その舟に乗るのだ」

細い指で示した水面《みなも》に、五色の光に包まれた白木の小舟が忽然《こつぜん》と現れ、さざ波が鳥居の下まで運んできた。

白髪の女神は鳥居からふわりと浜に下りて、凛音が舟に乗るのを見守ると、舳先《へさき》へ軽やかに跳び乗った。

「では、これにて……。宵坂殿、イナリをよろしくお頼み申し上げる。叶井殿、つつがなく暮らせよ。そしてイナリよ！」

「はい！」

「宵坂殿から目を離さぬこと！　此度《こたび》は危うく咎人《とがびと》にしてしまうところだったわ。ゆめゆめ忘るることのなきよう、肝に銘じよ！」

いつの間にか少女の姿になっていたイナリが、砂に膝をついて土下座した。彼女が頭を上げる前に、舟は女神と凛音を乗せて入り江の中を沖に向けて滑りだした。

僕たちは鳥居の下に並んで、舟がゆっくり遠ざかるのを見送った。

「……白さん、西方って、どこですか？」

「わからん。海の彼方《かなた》なのか幽世なのか浄土《じょうど》なのか。船光稲荷神に訊いてくれ」

舟が入り江から出るのと同時に、辺りの景色が元に戻った。

「ママは凄《すご》いでしょう？」と得意気にイナリが言った。


その翌朝——。

僕は、墓の納骨堂から出てきた家族の位牌を、白の家の精霊棚に並べた。

墓地の使用許可証は仏壇の抽斗の中だ。予想があたって白は喜んでいたけれど、今日は整骨院で診てもらうと言っていた。あちこち痛いらしい。僕も頭の天辺のたんこぶが一晩経ったらますます膨らんでいたので、泰雅くんたちが来る前にサッパリしておきたかったのだが、アサカワ理髪店の予約をキャンセルさせてもらった。

「おはようごぜえます。叶井さん、何をなすってるんですか？」

襖《ふすま》を開けて入ってきた留吉が、不思議そうに僕に訊ねた。

「うん、両親と妹の位牌を並べてたんだ。昨夜、疲れてたからうっかり位牌を出さずに寝てしまったせいか、誰も来てくれなかったんだよね」

留吉に続けて入ってきた利発そうな少年が、「位牌があっても来るとは限りませんよ」と言った。

昨日、留吉に紹介してもらったのだが、彼が白の父の十だというのは、どうしても納得のいかないところだった。

十は「これが僕のセルフイメージです」とのたまっていたが、どう見ても十二、三歳だ。

「……あの人も精神年齢が低そうだから、遺伝かな」

「誰の肉体年齢が若いって？」

パジャマ姿の白がやってきて、仏壇に向かって正座すると、おざなりに手を合わせた。すぐに立ちあがって、「だいたいでいいだろう。私は悪いことはしてないし」と言う。

「昨日、僕の頭を思い切り殴りましたよね？」

「私のせいじゃない。それに位牌を見つけてやったじゃないか？　家族は出たか？」かぶりを振ると、「これからどうする？」と訊ねてきた。

――昨日、気絶しているときに、子どもの頃の一場面や交通事故に遭った日の出来事が頭の中で再現された。それと同時に、失われた記憶がすっかり戻っていたのである。

帰宅するまでの道すがら、そのことに気づいた僕は、すぐに白に打ち明けた。

白のことだから、記憶と引き換えに霊能力を失っていないかを真っ先に心配するだろうと予測したのだが、案に相違して、そのとき白は「私の家より、もっといい就職先があるかもしれない。レストランはどうだ？」と言った。

だから僕は少し……いや、大いに感動しながら「一晩考えます」と応えたのだった。

「ここも、なかなか気に入ってるんですけどね。小庭からも良い話をいただいていますし。

ところで白さん、昨日から十さんが来ていて、今もすぐそばで白さんのようすをチラチラ窺《うかが》っているんですが、お話しがしたかったら通訳しますよ。いかがですか？」

白の目が爛々《らんらん》と輝きだした。

「いいな！　亡き父との対話！　叶井くん、すぐさま始めようじゃないか！」

（了）

fHM
futami
HORROR
×
MYSTERY

作品に関するご意見、ご感想等は
東京都千代田区神田三崎町 2-18-11
fHM文庫編集部まで

本作品は書き下ろしです。

宵坂《よいさか》つくもの怪談帖《かいだんちょう》

2021年9月20日　初版発行

著者……………………川奈《かわな》まり子《こ》

発行所…………………二見書房
東京都千代田区神田三崎町 2-18-11
電話　03-3515-2311（営業）
03-3515-2313（編集）
振替　00170-4-2639

印刷……………………株式会社堀内印刷所
製本……………………株式会社村上製本所

乱丁・落丁本はお取り替えいたします。
定価はカバーに表示してあります。

ISBN978-4-576-21130-5

https://www.futami.co.jp

ボギー
――怪異考察士の憶測

黒史郎　mieze〔装画〕

私は頭の中に爆弾を抱えていた。幼き日にこびりついた爆弾は活動を停止していたが、ついに動きを再開してしまった。「祟り」とでもいうべきこれのことを著名な怪異サイト『ボギールーム』に投稿したところ、管理者から謎の解明を約束される。やがてこのサイトの怪異考察士となった私は、自身に起こったことを究明していくことになる――その先にあるものは……

ふたりかくれんぼ

最東対地　もの久保〔装画〕

息を止めると目の前に現れる少女・マキ。彼女に誘われるまま、その手を握ると、廃墟ばかりの「島」で目覚めてしまう。なぜか彼女を救わないといけないという強い責任感に駆られ、彼女の手を引くボク。異形の者たちが潜む「島」を奔走するが、そのたびに異形の者たちに惨殺され、元の世界に戻されてしまう。果たして、マキを救うことはできるのか――